PAUL BEORN

LE DERNIER DES DRAGONS

ILLUSTRATIONS DE NOËMIE CHEVALIER

RAGEOT

Comment lire ce livre

UN LIVRE DONT TU ES LE HÉROS

Le dernier des dragons n'est pas un livre ordinaire ! C'est un livre dont tu es le héros. Tu vas jouer le rôle de Témis, un garçon pas comme les autres, et tu vas vivre de formidables aventures.

On ne lit pas ce livre de la première à la dernière page. Il est découpé en paragraphes qui portent chacun un numéro.

À la fin de chaque numéro, tu auras souvent le choix entre plusieurs suites différentes. C'est à toi de choisir ce que Témis va faire !

Parfois, il y aura quelques mots de consignes ou d'explication en italique, précédés d'un pictogramme. Il suffit de suivre ces consignes.

Parfois aussi, certains choix t'obligeront à revenir un peu en arrière et à prendre une décision différente, mais il y a toujours une solution pour avancer et continuer l'aventure.

RABATS

Tu devras parfois noter certaines informations sur tes **Feuilles d'aventure** disposées sur les rabats de ce livre. Cela te sera expliqué au fil de l'histoire.

Sur le premier rabat de ce livre, il y a un « **Inventaire** » où tu pourras noter tous les objets que tu trouveras au cours de ton aventure. Tu pourras aussi noter combien tu as de **pièces d'or** !

Sur le deuxième rabat, il y a un « **Tableau des magies** » car au cours de ton aventure, selon les choix que tu feras, tu pourras développer en toi plusieurs pouvoirs magiques. Tu pourras alors cocher des cases de ce tableau.
Si tu affrontes tes problèmes par le courage et la force, c'est ta « **magie de combat** » qui se développera le plus.
Si tu essayes de les résoudre par l'intelligence ou en aidant les autres, c'est ta « **magie de cœur** » qui se développera le plus.
Tu pourras bien sûr développer les deux magies à la fois !

MATÉRIEL

Pour lire ce livre, tu auras besoin d'un crayon et d'une gomme, ou d'un stylo effaçable. C'est tout !

Prêt pour l'aventure ?

1

8 h 30. Collège, cours de maths, pire journée de l'univers.

La prof n'est pas encore arrivée et je suis bien tranquille, seul à ma table, quand une fille s'installe à côté de moi.

— Salut, je suis nouvelle, je m'appelle Lola !

Tee-shirt fluo et chouchous roses à paillettes, smartphone à la main malgré l'interdiction : elle doit aimer qu'on la regarde.

— J'adore tes cheveux rouges, dit Lola, tu as mis quoi comme teinture ?

Je ne réponds rien. J'ai les cheveux rouges de naissance : ce n'est pas une teinture, c'est juste l'une des nombreuses bizarreries de mon corps.

Par exemple, j'ai les mains qui deviennent rouges quand j'ai peur ou quand j'ai mal. Je peux aussi toucher la flamme d'une bougie sans me brûler. Et un truc encore plus bizarre : je n'ai pas de nombril.

— Trop cool, ton tatouage de dragon sur la main ! fait Lola.

Ah oui, j'ai un tatouage, aussi. Il a dû être fait quand j'étais tout petit, parce que je n'ai aucun souvenir d'être passé chez le tatoueur.

— On dirait presque qu'il va se mettre à voler, ce dragon !

Peut-être qu'au bout d'un moment, elle s'apercevra que je ne lui réponds pas ?

— Tes parents doivent être super cools pour te laisser faire un tatouage, continue Lola, qui adore parler toute seule, apparemment.

Ma mère est morte à ma naissance et mon père, c'est plutôt le genre sergent-chef. À la maison, c'est trente pompes au réveil, jogging d'une heure, entraînement à la boxe, musculation, discipline. Les gens disent qu'il est timbré. Pour moi, c'est le meilleur père du monde. Au moins, il a toujours été là pour moi, lui.

— Bouge pas, dit Lola, je prends une photo de tes cheveux, je la posterai sur Insta : « Nouveau collège, premier pote trop cool. »

Je lui dis aussitôt :

— Range ce smartphone.

— Tu veux pas de photos ? OK, pas de problème, je vais…

— C'est pas ça. Mais si la prof de maths te voit avec ce truc, elle va te le confisquer pendant un trimestre.

La porte de la classe claque soudain si fort que les murs tremblent. Mme Martin entre en criant :

— Sortez tous une feuille ! Contrôle surprise !

Oh noooon. Pire journée de l'univers, je vous dis. Parce que j'ai une dernière petite bizarrerie : je suis archi-nul dans toutes les matières.

⟶

Mme Martin aperçoit Lola et avance jusqu'à elle en faisant claquer ses talons sur le carrelage.

— Tu es nouvelle ? On ne m'a pas prévenue.

Elle lui arrache son smartphone des mains.

— Bienvenue, ma chérie. Tu ne reverras pas ce smartphone avant Noël.

— Mais madame, je savais pas que... proteste Lola.

Mme Martin l'ignore complètement et se tourne vers moi.

— Alors, Matis, tu n'as pas encore sorti ta feuille ?

Je marmonne :

— Je m'appelle Témis, madame, pas Matis.

— Et si tu essayais d'avoir, mettons, 5 sur 20, cette fois ? Tu crois que ce serait à ta portée ?

Elle se penche et me chuchote tout bas :

— Tu es un raté, mon pauvre garçon. Et tu seras toujours un raté.

Et elle retourne tranquillement à son bureau.

Je crois que je donnerais n'importe quoi pour avoir 20 sur 20 en maths, rien qu'une fois. Juste pour effacer ce sourire méprisant sur son visage !

Mme Martin projette au tableau une liste de questions et d'exercices :

QU'EST-CE QUE LE DÉNOMINATEUR ?

LA DIVISION EST-ELLE PRIORITAIRE SUR L'ADDITION ?

Je me résigne à avoir un nouveau zéro et à subir les humiliations de Mme Martin,

—> je vais en 4

Je triche en regardant sur Lola,

—> je vais en 5

Je triche en allant aux toilettes avec mon cahier de maths pour y trouver les réponses,

—> je vais en 8

2

Je repousse l'animal jusqu'au bord de la table avec mon cahier, histoire de lui faire comprendre que ce n'est pas chez lui, ici. Avec un miaulement scandalisé, qui sonne comme « Drrrouli ! », il saute sur la table d'à côté d'un mouvement très étrange : un bond avec ses pattes, puis un vol plané avec ses ailes colorées.

Tu viens de rencontrer Drrrouli, un animal d'un autre monde.
Sur ta Feuille d'aventure, sur le deuxième rabat de ce livre, il existe un « Tableau de Drrrouli » : plus il y a de cases cochées, plus Drrrouli t'aime.
Pour l'instant, aucune case n'est cochée, mais par la suite, tu pourras peut-être changer cela.

Tiens ? Il y a une petite perle noire sur mon bureau. C'est l'animal qui l'a laissée ici ? Je la mets dans ma main.

Dans ton inventaire, inscris : « perle noire ».

Alors quelqu'un prend soudain la parole dans la salle :

« Je crois que tu as vexé Drrrouli. C'est une petite bête très susceptible, tu sais ? »

C'est une voix de femme, mais ce n'est pas celle de Mme Martin.

Je regarde à droite, à gauche : personne.

« Ne me cherche pas dans cette pièce. Je suis loin d'ici. Cette perle noire que tu viens de ramasser me permet de te parler directement dans ta tête. C'est ce que vous appelez dans ton monde, je crois, de la *télépathie*. Cela fait très longtemps que je voulais te rencontrer. Devines-tu qui je suis ? »

—> je vais en 6

3

J'avance la main vers la tête de l'animal, mais il fait un bond en arrière et montre les dents en feulant comme un chat.

Tu viens de rencontrer Drrrouli, un animal d'un autre monde.
Sur ta Feuille d'aventure, sur le deuxième rabat de ce livre, il existe un « Tableau de Drrrouli » : plus il y a de cases cochées, plus Drrrouli t'aime.
Pour l'instant, aucune case n'est cochée, mais par la suite, tu pourras peut-être changer cela.

Une plume multicolore s'échappe de ses ailes et retombe sur mon cahier, je la ramasse en fronçant les sourcils. Je croyais que les animaux avaient soit des plumes soit des poils, mais lui, il a les deux. Bizarre.

Dans ton inventaire, inscris : « plume de Drrrouli ».

Tiens ? Il y a une petite perle noire sur mon bureau. C'est l'animal qui l'a laissée ici ? Je la mets dans ma main.

Dans ton inventaire, inscris : « perle noire ».

Aussitôt, quelqu'un prend la parole dans la salle :

« Je crois que tu as fait peur à Drrrouli. C'est une petite bête très craintive, tu sais. »

C'est une voix de femme, mais ce n'est pas celle de Mme Martin. Je regarde à droite, à gauche : personne.

« Ne me cherche pas dans cette pièce. Je suis loin d'ici. Cette perle noire que tu viens de ramasser me permet de te parler directement dans ta tête. C'est ce que vous appelez dans ton monde, je crois, de la *télépathie*. Cela fait très longtemps que je voulais te rencontrer. Devines-tu qui je suis ? »

—> je vais en 6

4

Qu'est-ce que le dénominateur ?

Impossible de me souvenir de la réponse. J'ai pourtant appris ma leçon par cœur hier soir pendant une heure, mais comme toujours, les mots s'embrouillent dans ma tête.

Je prends mon stylo et, pour une raison que je ne comprends absolument pas, j'échange deux lettres et j'écris le mot : « *démoninateur* ».

Je ressens un picotement dans les doigts et la sensation frustrante d'être sur le point de trouver quelque chose. Et puis je sépare le mot en deux : « *Démon Inateur* ».

Le picotement se fait plus fort.

Alors je reprends mon stylo et j'inverse encore des lettres : « *Démon Ianteru* ».

Là, je m'arrête net avec le sentiment étrange d'avoir découvert un nom important.

Démon Ianteru ?

C'est idiot ! Ça ne veut rien dire !

Je vais encore avoir un zéro…

Lola, elle, noircit sa feuille d'exercice à toute vitesse comme si c'était aussi facile pour elle que de s'enfiler du pop-corn. Je lève la tête et je croise le regard moqueur de Mme Martin posé sur moi. Je sais exactement ce qu'elle se dit : « Il est nul. Il est stupide. Il ne réussira jamais rien dans la vie. »

—> je vais en 10

5

Je suis un expert dans l'art de pomper sur le voisin. D'abord, je fais semblant d'être concentré sur ma copie pour endormir la méfiance de Lola. Et puis, degré par degré, je relève la tête. Les débutants font semblant de s'étirer ou de regarder le plafond : il n'y a rien de mieux pour se faire repérer. Le truc, justement, c'est de ne pas attirer l'attention.

Je m'approche un peu de Lola. Et hop, un petit coup d'œil rapide.

Quoi ??

Lola n'a rien écrit du tout ! Elle a dessiné une fille avec une épée et une bulle qui sort de sa bouche pour dire : « À L'ATTAAAAAAAAQUE !!! »

Pas de bol : je suis tombé sur une dingo, et elle est aussi nulle que moi !

Je relève la tête et je croise le regard froid de Mme Martin posé sur moi. Est-ce qu'elle m'a vu copier ?

—> je vais en 10

6

« Je suis ta mère, Témis. »

Quoi ? Ma *mère* ?

Si c'est une blague, ce n'est pas drôle du tout. Elle se prend pour qui, cette folle ? Ma mère est morte à ma naissance !

« Cela, c'est ce que ton père t'a dit. Mais je suis bien vivante. »

On dirait qu'elle lit dans mes pensées !

« Si je n'ai jamais pu te voir et t'élever, c'est parce que je viens d'un autre monde que le tien : le royaume de Daragonia. Je suis une femme dragon. »

C'est ça. Et moi, je suis Harry Potter.

« J'entends tout ce que tu dis dans ta tête, Témis. »

Tu entends aussi, si je pense très fort que tu es une grosse mytho ?

« Oui. »

Une image se forme alors dans mon esprit. Une femme qui porte une sorte d'armure de chevalier, mais tout en or et en diamants, avec un dragon gravé sur sa cuirasse.

C'est incroyable. C'est comme si mon esprit était un écran de tablette et que quelqu'un venait de télécharger une image dessus.

—>

« Ceci est ma forme humaine. »

La femme disparaît soudain, remplacée par un immense dragon doré avec deux grandes ailes blanches.

« Et ceci est ma forme de dragon. Toi aussi, Témis, tu es un dragon, même si tu es à moitié humain par ton père : le dernier des dragons. Peut-être apprendras-tu un jour, toi aussi, à te métamorphoser. Tu possèdes des pouvoirs magiques, comme moi. D'habitude, nous les bloquons jusqu'à l'âge adulte mais je viens de les déverrouiller chez toi car tu vas en avoir besoin. Tu vas peu à peu découvrir des capacités surnaturelles qui sommeillaient en toi. »

Je secoue la tête.

— Des capacités surnaturelles, moi ? dis-je à voix haute. Je ne sais même pas faire une division !

Qu'est-ce que c'est que cette histoire de fou ?

« Je sais que cela fait beaucoup à apprendre d'un seul coup pour toi, dit le dragon avec sa voix de femme. Je voudrais pouvoir rattraper toutes ces années perdues et t'expliquer mille choses. Malheureusement, nous avons très peu de temps. Tu cours un grave danger. Les démons Ianteru ont figé le temps de ton monde pour le dévorer. Ils ne vont pas tarder à s'apercevoir que ton sang de dragon t'a protégé de leur maléfice. Alors ils te chercheront et quand ils te trouveront, ils te tueront. »

Le temps s'est arrêté ? C'est pour ça que plus rien ne bouge ?

« Ton monde mourra si le temps ne reprend pas son cours. Je t'ai envoyé cette perle noire pour te parler et Drrrouli pour qu'il t'ouvre un portail vers Daragonia. Là-bas, tu devras me retrouver et me libérer du sortilège qui me retient prisonnière. Alors, je pourrai sauver ton monde. »

Tout ça n'a aucun sens. Pas vrai ?

« C'est normal que tu ne me croies pas pour l'instant. Mais tu changeras d'avis. »

Ce cauchemar est complètement dingue. Quand je me réveillerai, je le raconterai à papa, ça le fera bien rigoler.

La bestiole à tête de chat se met soudain à voler à travers la pièce et crie : « Drrrrrrouliiiii ! »

Un cercle bleu apparaît au fond de la classe et une image se forme peu à peu à l'intérieur. C'est incroyable, on peut voir un paysage de l'autre côté ! Il y a une sorte de ville du Moyen Âge avec des tours, des murailles et des drapeaux.

« Je t'en supplie, Témis, saute à travers le portail ! » dit la femme dragon. « Comment puis-je faire pour te prouver que tout ceci est bien réel ? »

Je mets la perle noire dans ma poche, et puis…

Je sors ma bouteille d'eau de mon cartable
et je la renverse sur ma tête pour me réveiller,
—> je vais en 9

Je m'approche du mur du fond pour voir
de plus près cette image vraiment bizarre,
—> je vais en 110

7

La marchande me montre ses articles et il y en a plusieurs qui m'intéressent.

Par exemple...

... un jouet en forme de souris pour Drrrouli,

—> je vais en 78

... des chaussures solides pour Lola, qui a perdu les siennes,

—> je vais en 140

... un petit poignard qui a l'air sacrément tranchant,

—> je vais en 76

8

J'essaye de prendre un air décontracté et je lève le doigt.

— Oui, Matis ? fait Mme Martin d'une voix glaciale.

Témis, je m'appelle Témis.

— Je peux aller aux toilettes, madame ?

Elle répond, sans même me regarder :

— Bien sûr, mon petit Matis. De toute façon, ça ne changera pas grand-chose si tu rates quelques minutes de ce contrôle, n'est-ce pas ?

Je glisse discrètement une main dans mon cartable, je prends mon cahier de maths et je le fourre sous mon pull. Puis, en baissant la tête, je vais jusqu'à la porte et je sors de la salle.

Ouf, je ne me suis pas fait prendre !

Après quelques pas dans le couloir, je me colle à la fenêtre de la rue. Trois étages plus bas, les voitures roulent, les gens marchent tranquillement sur le trottoir, sans contrôle de maths, sans inquiétude. Ils en ont, de la chance.

Je sors mon cahier et je cherche la leçon sur les fractions mais soudain, un flash aveuglant illumine le

—>

couloir, si fort que je ferme les yeux par réflexe. Quand je les rouvre, les voitures et les vélos se sont arrêtés au milieu de la route, les passants sont comme des statues. C'est complètement dingue !

Je cours jusqu'à la salle de classe. Mme Martin et tous les élèves sont complètement immobiles, les yeux ouverts. Ils ont même arrêté de respirer !

Je vais jusqu'à ma table. C'est un cauchemar. J'ai dû m'endormir sur ma feuille de contrôle. Je vais me réveiller. Je ferme les yeux, je me colle une gifle et je secoue la tête.

Je rouvre les yeux.

Et là, je fais un bond en arrière : un petit animal est assis sur ma copie.

Qu'est-ce que c'est ? Il a une tête de chat. Mais aussi une queue de singe et des ailes de perroquet. De quel zoo ce truc s'est échappé ??

J'utilise mon cahier de maths pour repousser la bestiole de ma copie, elle est peut-être dangereuse ! Et puis, elle a peut-être des puces !
—> je vais en 2

Je caresse sa petite tête adorable, ça a l'air tout doux,
—> je vais en 3

Je lui parle tout bas pour lui dire bonjour,
—> je vais en 11

9

Je garde toujours une bouteille au fond de mon cartable pour le cours de sport. Peut-être que si je me verse ça sur la tête, le cauchemar s'arrêtera et que les gens se remettront à bouger ? Je fais sauter le bouchon et hop, la cascade. Oulah, l'eau est glaciale !

— Hééé ! crie Lola, à côté de moi. Tu es fou ? Tu m'as éclaboussée !

Je la regarde avec des yeux comme des billes.

— Lola ? Tu n'es pas figée, toi ? Tu bouges ?

—> je vais en 31

10

Soudain, un flash de lumière illumine la salle de classe, si fort que je ferme les yeux par réflexe. Quand je les rouvre, Mme Martin a toujours le regard posé sur moi, mais il est étrangement fixe. Les autres élèves n'écrivent plus. Ils sont penchés sur leur copie, immobiles. Ils ne respirent même plus !

Je regarde par la fenêtre : aucune feuille des arbres ne bouge et les voitures sont arrêtées au milieu de la route, figées comme tout le reste !

C'est un cauchemar. J'ai dû m'endormir sur ma feuille de contrôle. Je vais me réveiller. Je ferme les yeux, je me colle une gifle et je secoue la tête.

Je rouvre les yeux.

Et là, je fais un bond en arrière : un petit animal est assis sur ma copie.

Qu'est-ce que c'est ? Il a une tête de chat. Une queue de singe. Des ailes de perroquet. De quel zoo ce truc s'est-il échappé ??

J'utilise mon cahier de maths pour repousser la bestiole de ma copie, elle est peut-être dangereuse ! Et puis, elle a peut-être des puces !

—> je vais en 2

Je caresse sa petite tête adorable, ça a l'air tout doux,

—> je vais en 3

Je lui parle tout bas et je lui dis bonjour,

—> je vais en 11

11

Quelque chose de tendre dans le regard de cet animal me fait penser qu'il n'est pas méchant. Mais il est peut-être craintif et je ne suis pas sûr qu'il aurait apprécié que je le caresse. Alors pour le rassurer, je lui chuchote tout doucement :

— Bonjour, jolie bestiole bizarre. Je m'appelle Témis, et toi ?

L'animal reste un petit moment silencieux, comme s'il hésitait, et puis il répond finalement : « Drrrouli ».

C'est peut-être sa façon de miauler ? Ou alors, c'est vraiment son nom ?

En tout cas, il a l'air content.

Tu viens de rencontrer Drrrouli, un animal d'un autre monde. Sur ta Feuille d'aventure, sur le deuxième rabat de ce livre, il existe un « Tableau de Drrrouli » : plus il y a de cases remplies dans ce tableau, plus Drrrouli t'aime.

Comme tu as fait un choix qui a plu à Drrrouli, coche une de ces cases : cela veut dire que Drrrouli t'apprécie déjà.

Une plume multicolore s'échappe de ses ailes et retombe sur mon cahier, je la ramasse en fronçant les sourcils. Je croyais que les animaux avaient soit des poils soit des plumes, alors que celui-ci a les deux. Bizarre.

Dans ton inventaire, inscris : « plume de Drrrouli ».

Tiens ? Il y a une petite perle noire sur mon bureau. C'est l'animal qui l'a laissée ici ? Je la mets dans ma main.

Dans ton inventaire, inscris : « perle noire ».

Quelqu'un prend soudain la parole dans la salle : « Bravo, Témis, tu as fait honneur à Drrrouli en t'adressant à lui comme tu l'aurais fait à une personne. »

C'est une voix de femme, mais ce n'est pas celle de Mme Martin.

Je regarde à droite, à gauche : personne.

« Ne me cherche pas dans cette pièce. Je suis loin d'ici. Cette perle noire que tu viens de ramasser me permet de te parler directement dans ta tête. C'est ce que vous appelez dans ton monde, je crois, de la *télépathie*. Cela fait très longtemps que je voulais te rencontrer. Devines-tu qui je suis ? »

—> je vais en 6

12

À part la jeune fille à la peau bleue, personne ne semble intéressé. Le marchand lui donne le smartphone contre une pièce d'or et elle s'écarte de la foule. Zut ! Je ne dois pas la perdre de vue : ce smartphone pourrait m'aider à retrouver Lola !

Je l'attrape par le bras.

— Excusez-moi, madame, mais l'objet que vous venez d'acheter appartient à une amie.

Elle me jette un regard furieux.

— Je l'ai acheté légalement ! Et je le trouve très joli en plus ! Si tu le veux vraiment, ce sera 3 pièces d'or.

J'ai une magie de combat et je l'attaque,
—> je vais en 149

J'ai une magie de cœur et je m'en sers pour la convaincre de me rendre le smartphone,
—> je vais en 37

Je suis recherché par la garde et mieux vaut ne pas se faire remarquer, je vais plutôt négocier le prix et lui racheter le smartphone,
—> je vais en 22

13

Je me réveille avec un sacré mal de tête. Je suis allongé dans un lit. Où ça ? Mystère.

Il fait chaud, le lit est moelleux. Je suis dans une pièce sans fenêtre, aux murs taillés dans une roche noire. Un feu ronfle dans une cheminée et un gros manteau est posé sur mon lit. Je me redresse et je me frotte la tête en essayant de me souvenir de ce qui s'est passé.

Mon arrivée sur l'île, la neige, le vent, le froid... je n'ai pas trouvé de manteau et j'ai perdu connaissance.

J'ai toujours mes vêtements mais je n'ai plus aucun des objets que je portais sur moi. La personne qui m'a emmené ici et m'a sauvé la vie, qui que ce soit, m'a dépouillé de tout ce que je possédais – sauf de la petite perle noire au fond de ma poche.

Efface tous les objets qui se trouvaient dans ton inventaire (si tu en avais), sauf la perle noire.

La porte s'ouvre et fait entrer un courant d'air glacial. Une horrible tête d'insecte couverte d'yeux noirs apparaît dans l'encadrement. C'est un démon Ianteru ! Non : c'est

—>

LE démon Ianteru du tout début. Celui qui était au collège. Je le reconnais parce qu'il est plus grand que tous les autres.

— Bien dormi, Témis ? fait le démon. Je t'ai retrouvé juste au moment où tu allais mourir de froid.

Je connais cette voix ! C'est celle de ma mère. Ou du moins… c'est ce que je croyais jusqu'à présent !

— Vous… Vous n'êtes pas ma mère !

— Pauvre petit Témis. Tu avais tellement envie de connaître ta maman, n'est-ce pas ? Alors quand je t'ai dit que j'étais ta mère qui te parlait dans ta tête, tu m'as cru !

Des détails me reviennent en mémoire : quand la « voix » m'a dit qu'elle m'avait envoyé Drrrouli, elle m'a menti car c'était l'animal de Lola. Quand la « voix » m'a dit d'aller trouver Maîtresse Ael, c'était pour que je me fasse capturer. Et quand j'ai été jeté au cachot, la « voix » n'a jamais assez remonté le temps pour que j'échappe à la capture… depuis le début, la « voix » voulait que je sois fait prisonnier !

De rage, je jette à terre la perle noire et je l'écrase du pied. Avec ça, je croyais que ma mère était dans ma tête et pouvait voir tout ce que je faisais, alors que cette perle appartenait au démon ! C'est comme ça qu'il m'a retrouvé ici, sur l'île des dragons !

Dans ton inventaire, efface : « perle noire ».

— Pourquoi m'avez-vous sauvé la vie à chaque fois que j'allais mourir ? je lui demande en serrant les poings.

— J'avais bien trop besoin de toi, mon petit. Et aussi de ta magie, qui devait se développer et grandir, aventure après aventure.

— Alors ça n'a servi à rien que je m'échappe de ma prison, hein ? Vous avez vu que j'allais sur l'île, donc tous les démons sont déjà là, c'est ça ?

— Non, ta petite évasion ne leur en a pas laissé le temps. J'avais prévu que tu arrives enchaîné et emmené par mes frères plutôt que libre et sans gardien. Tu as déjoué mes plans, bravo ! Malheureusement pour toi, je suis le grand maître des démons, tu n'es pas de taille à m'échapper. Malgré ta petite ruse, tu es tout de même tombé en mon pouvoir.

Il est donc seul ! Je pourrais l'affronter, ici, tout de suite. Et peut-être le vaincre ? Mais si ma mère était vraiment vivante et qu'il était le seul à pouvoir me dire où elle se trouve ?

Il me fait signe de le suivre.

— Tu veux savoir où est ta mère, n'est-ce pas ? Alors viens.

La curiosité est la plus forte. Je me lève, les jambes encore en coton, et j'enfile le manteau donné par le démon. Il me fait passer dans des couloirs glacials dont les murs sont éclairés par de fines rainures qui diffusent une lueur bleutée.

— Nous sommes à l'intérieur d'un volcan. Autrefois, cet endroit était très chaud. Mais je lui ai jeté un sort pour changer la chaleur en froid.

—>

On déboule dans une immense salle en dôme, dont les murs et les plafonds sont entièrement peints de dragons de toutes les couleurs. Des lustres en cristal pendent de chaînes d'or. Des trônes en argent et en diamant sont disposés tout autour de la salle, et sur chacun d'eux se trouve un homme ou une femme d'une très grande beauté. Leur peau est bleue de froid et des stalactites de glace s'accrochent aux aspérités de leurs visages.

— Voici le sanctuaire des dragons, fait le démon.

—> je vais en 94

14

Je ferme les yeux et je laisse la magie de cœur envahir peu à peu mon esprit. Mes mains se mettent à rougir et, quand je touche Tonton Bonnes Affaires, il se calme aussitôt.

Je lui dis d'une voix douce :

— Ce n'est pas bien d'arnaquer les étrangers, Tonton Bonnes Affaires. Je suis sûr que tu peux me les vendre bien moins cher, tes marchandises.

Il ouvre grand la bouche, stupéfait, puis éclate en sanglots.

— Tu es un enfant dragon ! Les temps sont durs, tu sais, petit ? Je te laisse l'épée pour 2 pièces d'or et le cœur en cristal pour 3. Et ce sera 1 seule pièce pour les autres articles. Je perds de l'argent mais tant pis... Mais si tu n'as pas assez d'argent, je peux aussi te racheter quelque chose.

Tu peux vendre un de ces objets à Tonton Bonnes Affaires pour 1 pièce d'or chacun si tu le souhaites :

- *une plume de Drrrouli*
- *une racine de Sacras*

—>

- *un poignard*
- *un chouchou rose*

Dans ce cas, efface-le (ou les) de ton inventaire.
Et ajoute autant de pièces d'or que tu en as gagné.

Tu peux acheter :

- *l'épée magique pour 2 pièces d'or*
- *le cœur en cristal pour 3 pièces d'or*
- *un poignard pour 1 pièce d'or*
- *un manteau pour 1 pièce d'or*
- *une racine de Sacras pour 1 pièce d'or*

Si tu achètes un ou plusieurs de ces objets, inscris-le (ou les) sur ton inventaire.
Retire aussi du nombre de tes pièces d'or ce que tu as dépensé.

Il me fait un signe de la main et il disparaît dans la foule.

Bon, il est temps que je trouve un moyen d'aller sur l'île des dragons.

—> je vais en 135

15

Je cours jusqu'au bateau gelé.

Il y a encore des marins sur le pont, figés dans la glace, tout bleus, les yeux ouverts. Ils sont morts de froid comme s'ils avaient été fauchés en une seconde par une terrible vague glaciale.

Je grimpe sur la passerelle du bateau en courant, essayant de ne pas glisser, et arrive sur le pont recouvert de givre. Je n'ai que quelques instants avant de mourir de froid, moi aussi.

J'ouvre la porte de la cabine du capitaine,
—> je vais en 141

Je descends à la cale,
—> je vais en 56

16

Le capitaine taureau donne des ordres à son équipage et la barque prend rapidement de la hauteur.

Trop cool ! Je vais enfin aller à l'île des dragons !

Je me tourne vers le palais qui rapetisse peu à peu sous mes yeux. Content de ne plus y être.

Bientôt, on survole la mer et, au bout d'un long moment, on arrive en vue d'une petite île étrangement couverte de neige. Plus on s'approche, plus le froid devient intense.

C'est là que les marins du bateau volant me déposent. Puis ils repartent aussitôt et le capitaine taureau me salue de la main en criant :

— Bonne chance, petit dragon !

—> je vais en 200

17

La magie afflue dans tout mon corps, je la sens se répandre dans mes membres. Ma peau devient rouge et bouillante. Les mains d'abord, puis les bras, et, soudain, un voile blanc passe devant mes yeux.

Je sens mes jambes s'allonger, ma tête se remodeler, une énergie fantastique traverse mes membres. Dragon ! Je suis un Dragon ! Mes mains sont devenues des pattes, mon nez des naseaux rouges. Des ailes ont même poussé dans mon dos !

Mes vêtements et tout ce que je portais tombent à mes pieds.

— Bravo Témis, tu as réussi ! crie Lola, admirative. Maintenant, pendant une seconde, je vais fermer les yeux et rester sans bouger. Crache ton feu, seules les flammes d'un dragon peuvent tuer un autre dragon.

Lola s'immobilise un très bref instant. Je n'ai qu'une chance, une seconde.

— Vas-y, crie-t-elle, tue-moi !

—> je vais en 58

18

Mon père m'a entraîné tous les jours au combat à mains nues, alors je pourrais peut-être affronter ce truc. Sauf que si je ne m'en sors pas, Drrrouli et Lola se feront dévorer.

D'une main, j'agrippe Lola par le bras et je l'entraîne jusqu'au mur du fond en courant, tout en attrapant Drrrouli au passage par la peau du cou. Le monstre se détend comme un ressort. Avec une de ses pattes d'insecte aussi pointue qu'un poignard, il essaye de me transpercer le dos... mais il me rate d'un cheveu.

Tu as fait le choix de fuir pour protéger deux vies plutôt que de te battre.
Dans ton Tableau des magies, coche une case en magie de cœur.

Au cours de ton aventure, cette magie se renforcera peut-être en fonction de tes choix : tu gagneras alors de nouvelles cases à cocher dans ce tableau ou dans un autre.
En revanche, tu ne pourras jamais en perdre ! Chaque case cochée le restera jusqu'à la fin, quoi qu'il arrive.

Waoh, ce monstre est enragé ! On arrive tous les trois devant le portail. Aucune hésitation : je saute à l'intérieur. Ce n'est qu'au tout dernier moment que je prends conscience d'un petit détail : dans notre monde, le portail est au troisième étage. Dans le monde d'en face, il est à dix mètres au-dessus du sol.

Une rivière profonde coule en dessous, mais en prenant trop d'élan, on l'a ratée : on va atterrir juste après, sur des rochers...

Et on va mourir.

—> je vais en 82

19

Je bondis jusqu'au bateleur et je lui colle un crochet du droit qui l'envoie valser dans la foule. Je récupère le smartphone et je le brandis en criant :

— Cet objet a été volé ! Il appartient à une amie !

Dans ton inventaire, inscris : « smartphone de Lola ».

Deux énormes créatures à la peau dure comme la pierre m'empoignent aussitôt et me font descendre du tonneau. Ils sont larges comme des bœufs, ils ont des têtes carrées et de tout petits yeux rouges.

— Les trolls du marchand ! crie la foule. Ils vont le démolir !

Un premier troll essaye de m'écrabouiller le visage d'un coup de poing, mais je l'évite de justesse. Avec une force surhumaine, je lui enfonce mon poignard dans la jambe. Quelque chose cède au niveau de sa cheville. Il tombe à genoux, surpris mais ne ressentant visiblement pas la douleur.

L'autre troll, je lui envoie un coup de poing en pleine poitrine qui le fait reculer de cinq bons mètres.

Après ça, on me laisse tranquille. Je me fonds dans la foule et personne n'essaye de me retenir.

—> je vais en 108

20

Malgré l'obscurité, je saisis le rat à la gorge d'un geste fulgurant avant qu'il ne me morde. Ouf, je l'ai échappé belle. Pris de pitié, je le jette un peu plus loin sans lui faire mal et il s'enfuit en piaillant.

Brrr, sale bête.

Je retrouve le smartphone et j'éclaire la grille. Elle a l'air solide, mais pas indestructible. Je prends deux barreaux entre mes poings, je ferme les yeux et laisse la magie de combat monter en moi. Alors avec une force de titan, je secoue la grille, une fois, deux fois, dix fois, jusqu'à ce que les montants plient et s'arrachent carrément du sol en détachant des éclats de pierre et de bois. Waoh, j'ai sacrément progressé dans cette magie !

Je pousse la grille arrachée et je passe de l'autre côté. C'est le couloir des cachots, par où je suis arrivé tout à l'heure.

En tâtant l'endroit où se trouvait la grille, j'ai une sacrée surprise : j'ai aussi démoli le sol à moitié ! Waoh, je suis carrément Hulk, maintenant ! En fait, avec une très forte poussée, je pourrais peut-être faire un trou dedans et m'échapper par là ?

J'abats mes poings,
—> je vais en 84

Ce serait une meilleure idée d'inspecter le couloir,
—> je vais en 164

21

Je monte sur la passerelle qui mène au *Loup Solitaire* et je demande au matelot :

— Une amie va peut-être me rejoindre plus tard, est-ce qu'on pourrait l'attendre ?

Lola a dit qu'elle me retrouverait. Je n'ai aucune nouvelle, mais j'espère qu'elle a pu échapper aux démons.

— Bien sûr, pas de problème ! Jusqu'à ce soir si tu veux. Viens, je vais te présenter au capitaine.

Sur le pont, plusieurs marins, au teint buriné par le soleil, me regardent passer sans mot dire. J'en vois un ou deux qui ricanent.

Le matelot m'ouvre la porte et me présente au capitaine, qui nous fait entrer dans sa cabine personnelle. C'est rempli de cartes et d'instruments de navigation. Ça sent fort le rhum, aussi. Sur la couchette, un perroquet aux yeux brillants se met à sautiller en criant :

« Bienvenue à booooord ! »

Le capitaine me fait asseoir pendant que le matelot reste debout derrière moi. Il se sert un verre et il en pousse un vers moi, à moitié rempli.

— Alors, comme ça, tu veux te rendre sur l'île des dragons, mon garçon ? Ça tombe bien, le *Loup solitaire* fait le tour des îles de la baie. Le prix du billet est d'une pièce d'or. Mais nous avons aussi besoin d'un mousse pour laver le pont : si tu acceptes, pour toi, le voyage sera gratuit.

Il fronce les sourcils.

— Tu ne bois pas le verre que je t'ai donné ? fait-il d'un air vexé.

Je bois le verre,
—> je vais en 176

Je refuse,
—> je vais en 168

22

Je lui propose un marché honnête :

— Vous l'avez payé 1 pièce d'or, je vous le rachète pour 2. Vous faites une affaire.

Elle réfléchit un moment, puis elle soupire.

— Cette chose appartient à quelqu'un d'autre, dis-tu, et tu vas la lui rendre ? J'aimerais bien avoir un ami comme toi. Allez, c'est d'accord.

Elle échange l'argent contre le smartphone et s'en va.

Dans ton inventaire, inscris : « smartphone de Lola ».
Retire aussi 2 au nombre de tes pièces d'or.

—> je vais en 108

23

La magie de cœur est tout aussi puissante que la magie de combat. Je pourrais peut-être m'en servir pour me sortir de ce dilemme impossible.

Mais est-ce que je la maîtrise suffisamment ?

J'ai déjà coché cinq cases en magie de cœur,
—> je vais en 29

Je n'ai pas coché cinq cases en magie de cœur, mais j'ai un cœur en cristal,
—> je vais en 193

Je n'ai ni l'un ni l'autre,
—> je vais en 101

24

Au bout de quelques minutes, je m'aperçois que remonter la pente en plein vent est une très mauvaise idée. J'essaye de courir pour me réchauffer, mais je tombe de nouveau et glisse sur la glace. Quand je me relève, la tour est à vingt mètres devant. Loin, si loin sous ce vent mortel...

Je me couche par terre, agité de tremblements, et mes yeux se ferment.

Froid. Tellement, tellement froid...

J'ai une racine de Sacras,
—> je vais en 55

Sinon,
—> je vais en 13

25

Le temps que je descende à la cale, il sera trop tard. Dans la cabine du capitaine, au moins, je devrais trouver un lit et des couvertures.

—> je vais en 141

26

— Désolé, Lola, je n'ai pas l'habitude de laisser tomber mes amis quand ils ont besoin de moi.

— Tu es un idiot, Témis, répond Lola avec un sourire. Mais un idiot courageux, je dois dire.

Tu as fait le choix de ne pas abandonner Lola au milieu des soldats malgré le danger.
Sur ton Tableau des magies, coche une case en magie de combat.

—> je vais en 157

27

Et si Lola ne savait pas tout ? Et s'il existait un autre moyen de vaincre le démon sans la tuer, un moyen qu'elle ne connaissait pas ?

Dans mon dos, je sens le poids de mes ailes : elles sont immenses. Apparemment, Lola ne peut pas encore voler, mais peut-être que moi, je le peux ? Ma magie de combat est devenue tellement puissante, maintenant !

Pendant que Lola se fige une seconde, attendant que je la brûle, je déploie ces deux nouvelles parties de mon corps dont je ne sais rien. Je soulève mes ailes une fois, deux fois, et soudain, je décolle !

Le démon est tellement stupéfait de me voir voler qu'il en oublie de reculer.

— Non ! Non ! Tu ne peux pas voler, normalement ! À ton âge, un dragon n'a pas la faculté de...

Il ne finit même pas sa phrase : d'un coup de queue, je l'envoie à trois mètres d'ici, où il s'étale au sol avec un cri de douleur. Mais au moment où je vais l'achever, il tire d'une bourse une petite perle remplie d'un liquide blanc. Puis il la brandit bien haut entre ses pinces d'insecte pour me la montrer.

—>

— Stop, c'est une perle de temps. Un geste de plus et je la brise !

Je m'arrête et retombe à deux mètres de lui. C'est quoi, cette perle ?

— Tu crois que tu as gagné ? dit-il. Imbécile ! Il me suffit de remonter le temps et de changer le cours des choses une fois de plus !

C'est donc ça, le secret de ses retours en arrière dans le temps ! À chaque fois, il brise une de ces perles au liquide blanc !

— Tu ne reverras jamais ta mère, la race des dragons restera gelée et disparaîtra dans l'oubli !

Je pourrais le massacrer facilement, mais il scrute chacun de mes mouvements et si je fais un pas en avant, il brisera la perle. Il va revenir dans le passé et je ne peux rien faire ! Tout recommencera et cette fois, il s'arrangera pour que les choses se passent exactement comme il le souhaite !

— Tu croyais vraiment être de taille à te mesurer au grand maître des démons, sale petit sang-mêlé ? J'ai vaincu les meilleurs guerriers dragons et tu ne leur arrives pas à la cheville.

À ce moment précis, une masse noire lui tombe dessus avec une force phénoménale et il lâche la perle qui roule au sol : c'est Lola. Elle a réussi à se libérer du contrôle mental du démon quand je l'ai mis à terre tout à l'heure !

— Joli travail d'équipe, Témis, fait Lola tout en coinçant son ennemi entre ses pattes aux griffes acérées.

— Ne me tuez pas ! implore le démon. Grâce ! Grâce !

— Lève la malédiction que tu as lancée ! Libère les autres dragons ! dis-je en le menaçant de mes griffes.

— Et si tu essayes encore un de tes tours de traître, on te zigouille ! ajoute Lola.

Terrifié, le démon pousse une série de crissements et de cliquètements d'insecte. Bientôt, la température dans la salle remonte peu à peu. Le givre disparaît, les murs s'éclairent de veines rouges. Puis, la glace fond sur les hommes et femmes dragons assis sur leurs trônes. Leurs doigts remuent sur leurs accoudoirs, le rose revient à leurs joues.

Je me précipite sur ma mère.

— Maman ! Maman ! C'est moi, Témis, réveille-toi !

La vie se réveille peu à peu dans son regard. Elle bouge un bras, puis l'autre, avec une grimace de douleur, puis elle me serre contre elle.

— Témis, c'est toi, mon fils ? murmure-t-elle.

—> je vais en 89

28

Je me mêle à la foule et je m'approche discrètement du garde. Arrivé à sa hauteur, j'attends qu'il détourne le regard et hop, ni vu ni connu, je ramasse le smartphone à ses pieds. Ce n'était pas si difficile !

Mais je sens soudain une poigne se refermer sur mon bras.

— Qu'est-ce que tu fais, toi ?

C'est le soldat qui m'a repéré !

J'ai une magie de cœur,
—> je vais en 128
Je n'ai pas de magie de cœur,
—> je vais en 49

29

Je m'approche de Lola, mains en avant en signe de paix. Elle me regarde d'un air horrifié.

— Qu'est-ce que tu fais ? Je vais te massacrer si tu ne te défends pas ! Change-toi en dragon, vite !

— Je ne veux pas te tuer, Lola. Laisse-moi plutôt t'aider.

La puissance de la magie de cœur envahit peu à peu tout mon esprit. Mes mains irradient d'une lumière si vive qu'elle fait presque mal aux yeux, quand je la pose sur la tête de dragon de Lola.

— Je sais que tu as été seule et traquée par les démons toute ta vie, Lola, mais maintenant, tu as un ami. Tu n'as plus à avoir peur de ce monstre, c'est à lui d'avoir peur de nous.

Soudain, elle ouvre de grands yeux stupéfaits.

— Le démon n'a plus aucune prise sur moi… Témis, tu as réussi à briser sa magie ! Tu n'es peut-être pas un aussi grand guerrier que moi, Témis, mais ta magie de cœur est aussi puissante que ma magie de combat.

—>

Elle se retourne vers le démon qui nous observe d'un air furieux. Il brandit entre ses pinces une petite perle remplie d'un liquide blanc.

— Attention ! crie Lola. Il va utiliser une de ses perles magiques pour faire revenir le temps en arrière !

Alors c'était ça, son secret ! C'est en brisant à chaque fois une de ces petites perles qu'il pouvait contrôler le temps !

— Trop tard, mes petits, dit-il. Vous avez déjoué mes plans mais vous avez oublié un détail : c'est moi le maître du temps. Une fois cette perle brisée entre mes doigts, tout ce qui vient de se passer disparaîtra, puis tout recommencera. Et cette fois, je ferai en sorte que les choses se déroulent comme JE l'aurai décidé.

Il est trop loin de nous pour qu'on puisse l'atteindre avant qu'il ne brise la perle... Nooooon ! Échouer si près du but et après toutes ces épreuves !

Il lève la pince mais soudain un cercle bleu apparaît dans les airs, juste derrière lui. Une petite bête orange en surgit et mord la pince si fort que le démon lâche la perle en poussant un cri de douleur.

C'est Drrrouli ! Il a fait apparaître un portail juste derrière le démon pour l'attaquer !

— Drrrrrrrouliiiiiiii ! miaule-t-il, très fier de lui.

Lola et moi, on saute sur le démon et on le maîtrise aussitôt.

— Libère les autres dragons ! dis-je en le menaçant de mon poing.

— Et si tu essayes encore un de tes tours de traître, on te zigouille ! ajoute Lola.

Terrifié, il pousse une série de crissements et de cliquètements d'insecte. Bientôt, la température dans la salle remonte peu à peu. Le givre disparaît, les murs s'éclairent de veines rouges. Puis, la glace fond sur les hommes et femmes dragons sur leurs trônes. Leurs doigts remuent sur leurs accoudoirs, le rose revient à leurs joues.

Je me précipite sur ma mère.

— Maman ! Maman ! C'est moi, Témis, réveille-toi !

La vie se réveille peu à peu dans son regard. Elle bouge un bras, puis l'autre, avec une grimace de douleur, puis elle me serre contre elle.

— Témis, c'est toi, mon fils ? murmure-t-elle.

—> je vais en 89

30

J'ai une nouvelle idée tout à coup !

→ je vais en 51

31

Elle me regarde comme si j'étais devenu idiot.

— Ben, oui… je bouge. Pourquoi ?

Je me mets à crier en sautant sur place :

— Génial ! Je suis réveillé !

— Euh, Témis ? fait soudain Lola d'une toute petite voix. Pourquoi tout le monde est figé dans la classe ?

Elle se lève et va jusqu'à Mme Martin.

— Oh non… dis-je pour moi-même. Il n'y a que Lola qui rebouge. Ce n'est sûrement pas un rêve si on est deux à vivre la même chose !

« *Comment puis-je faire pour te prouver que tout ceci est bien réel ?* » avait dit la femme dragon. C'est sûrement elle qui a réveillé Lola pour me donner une preuve que je ne rêvais pas !

— Tiens ? dit Lola. C'est quoi ce truc rond au fond de la classe ?

Je me retourne : le paysage avec la ville du Moyen Âge est toujours là, de l'autre côté du cercle bleu. On sent même un courant d'air tiède passer à travers. Et Drrrouli est juste devant, la queue dressée comme s'il m'attendait.

—>

— Tout va très bien, dis-je en me prenant la tête dans les mains. T'inquiète pas Lola, c'est euh... on va s'en sortir... Il suffit de... ça va aller, hein ? Panique pas, surtout !

— Paniquer ? Moi ? dit Lola. Au contraire, je trouve ça GÉNIAL !

Elle court jusqu'à Drrrouli en criant :

— Tu es trop mignon, toi ! Et waaaoh, ce que c'est beau, de l'autre côté de ce portail ! On va voir ce qu'il y a là-bas ?

Je suis estomaqué.

— Tu... Tu n'as pas peur, toi ? Ça te paraît normal, tout ça ?

— Normal ? Absolument pas. C'est justement ça qui est génial ! Ne me dis pas que tu préférais le contrôle de maths ? Oh, attends ! Je vais récupérer mon smartphone.

Elle court jusqu'à Mme Martin et attrape son téléphone posé sur son bureau. Et puis elle prend Mme Martin dans les bras pour faire un selfie.

— Lola et la prof-statue, j'aurai trop la classe sur Insta !

—> je vais en 87

32

Je suis bête : c'est juste des mots gravés sur un médaillon. Je m'attendais à quoi ?

J'ai passé la grille avec ma magie de cœur,
—> je vais en 54

J'ai passé la grille avec ma magie de combat,
—> je vais en 39

33

Les deux soldats ont d'abord l'air surpris et puis ils éclatent de rire. Mais dès que j'essaye d'avancer, ils abaissent leurs piques et se remettent à crier :

— Borack ! Borack !

Ils sont deux et ils sont armés ? Même pas peur, je les attaque direct,

—> je vais en 42

Je fais mon plus beau sourire et j'essaye de passer quand même,

—> je vais en 74

Je fais demi-tour pour trouver un autre moyen de franchir la rivière,

—> je vais en 181

34

— **A**ttends ! dis-je en levant les mains. Aide-moi à sortir d'ici.

— Est-ce que tu as quelque chose à me donner en échange ? me demande la harpie. Quelque chose de rose ? Ou quelque chose qui sent fort ?

J'ai une magie de cœur à un niveau 4 ou plus,
—> je vais en 45

J'ai un cœur en cristal et je souhaite l'utiliser,
—> je vais en 91

Je lui donne un poignard ou un manteau,
—> je vais en 185

Je lui donne un chouchou rose,
—> je vais en 180

Je lui donne une racine de Sacras,
—> je vais en 72

Je n'ai aucun de ces objets ou je ne veux pas m'en séparer,
—> je vais en 35

35

Je tends la main devant moi et ma magie de cœur la rend vite rouge et brillante, alors je demande à la harpie :

— Aide-moi, il te plaît.

Tu as fait le choix de négocier. C'était risqué, mais cela montre de ta part une volonté de comprendre plutôt que de te battre.
Dans ton Tableau des magies, coche une case en magie de cœur.

Un sourire cruel s'étire sur le visage de la harpie.

—> je vais en 173

36

Drrrouli a d'abord un mouvement de recul, puis il se laisse faire et se blottit contre moi. Je monte dans la barque sans faire de geste brusque, suivi par Lola, pendant que Drrrouli gémit doucement en regardant l'eau.

— Tu es gentil avec les animaux, toi, fait Lola avec un grand sourire.

C'est là que Drrrouli vomit sur moi une matière orange et verte, qui est sans doute le truc le plus puant que j'aie jamais senti de ma vie.

« Drrrouli », miaule-t-il en me jetant un petit coup d'œil coupable.

Tu as mis Drrrouli en confiance alors que l'animal avait peur de monter dans la barque.
Dans ton Tableau de Drrrouli, coche une case.

Les bûcherons rament avec une sacrée force et, en peu de temps, on se retrouve sur l'autre rive. On les remercie tous les deux.

Bon, la ville est toute proche.

—> je vais en 100

37

Mes mains deviennent rouges, presque lumineuses, et la jeune fille ouvre de grands yeux stupéfaits.

— Tu es un dragon ? Alors les démons ne vous ont pas tous emprisonnés ? Ici, tout le monde voudrait que les dragons reviennent et chassent les démons. Tiens, prends cet objet bizarre si cela peut t'aider ! J'ai encore deux pièces d'or, prends-les aussi et bonne chance !

Dans ton inventaire, inscris : « smartphone de Lola ».
Ajoute aussi 2 au nombre de tes pièces d'or.

—> je vais en 108

38

Je prends une grande inspiration et je me retourne vers le démon. Une larme coule sur ma joue.

— Mon père disait que ma mère ne baissait jamais les bras. Je crois qu'elle préfère rester gelée pour l'éternité plutôt que de savoir que son fils a trahi sa race entière. Je refuse de vous donner ces œufs de dragon.

Tu as pris une décision difficile en essayant de te mettre à la place de ta mère pour comprendre ce que tu devais faire. Cela démontre à la fois une volonté combative et une grande connaissance des autres. Sur ton Tableau des magies, coche une case soit en magie de cœur soit en magie de combat, selon ta préférence.

— Décidément, tu es aussi têtu que ta mère ! crie le démon d'une voix haut perchée, qui ne ressemble plus en rien à une voix humaine. Tu iras me chercher ces œufs, que tu le veuilles ou non !

Il tend vers moi une de ses pattes noires et prononce une formule magique dans une langue chuintante et grinçante :

— Je prends possession de toi, enfant dragon. Dorénavant, je serai le maître et tu seras une poupée entre mes mains !

—>

Je ressens un picotement au bout des doigts et sur mon tatouage, mais à part ça, pas grand-chose.

— C'est ça. Et mon poing dans ta face de cafard, ça fait partie du plan, aussi ?

Je m'approche de lui, prêt au combat.

— Par les dieux ! La formule contre les enfants dragons ne fonctionne pas ! crache le démon.

Il en prononce une nouvelle :

— *Je prends possession de toi, enfant humain. Dorénavant, je serai le maître et tu seras une poupée entre mes mains !*

Toujours aucun effet sur moi. J'éclate de rire.

— C'est tout ce que tu sais faire ?

— Tu... Tu résistes à ma magie ?

— Je ne suis ni un enfant dragon ni un enfant humain, je suis les deux à la fois. Je crois que je comprends enfin pourquoi mes parents m'ont appelé Témis. C'est « Métis » à l'envers, et c'est exactement ce que je suis : un mélange. Et maintenant, libère ma mère et tous les autres ou je t'écrabouille.

— Tu crois que tu as gagné, mon petit ? ricane le démon. Tu te trompes lourdement.

Soudain, un éclair noir fonce vers moi.

— Bien joué, Témis ! Protège ces œufs coûte que coûte !

Je n'en crois pas mes yeux : c'est un dragon noir qui vient de parler, et ce dragon, c'est Lola !

—> je vais en 97

39

Bon, tout à l'heure, j'ai arraché la grille et une partie du sol avec. Il suffirait de taper fort pour y faire un trou et essayer de m'échapper par le bas.

D'un autre côté, je pourrais aussi inspecter ce couloir.

J'abats mes poings sur le sol pour y faire un trou,
—> je vais en 84

Ce serait une meilleure idée d'inspecter le couloir,
—> je vais en 164

40

Je crie de toutes mes forces :

— Drrrouliiiiii ! Viens nous aider !

Un cercle bleu apparaît soudain dans les airs, juste derrière le démon. Une petite bête orange en surgit et lui saute au visage en poussant un cri sauvage : « DrrrrRRRRRouliiii !!!! »

Il a créé un portail pour apparaître juste devant la tête du démon ! Cette bestiole est géniale !

Le démon pousse un cri de douleur et agite ses pattes pour repousser le petit animal. Lola me regarde d'un air stupéfait.

— Grâce à l'attaque de Drrrouli, il a perdu sa concentration : il n'a plus de contrôle sur moi !

Je lui fais un sourire.

— On le massacre ?

Elle en dragon, moi en humain, on se jette sur le démon. Drrrouli, maintenant sur ses pattes, feule comme un chat devant celui qui a fait du mal à sa maîtresse et à son ami.

— Reculez, tous ! crie le démon.

Il tient une petite perle remplie d'un liquide blanc.

— Trop tard, mes petits. Vous avez déjoué mes plans, mais vous avez oublié un détail : c'est moi le maître du temps. Une fois cette perle magique brisée entre mes doigts, tout ce que vous venez de faire disparaîtra, puis tout recommencera depuis le début. Et cette fois, je ferai en sorte que les choses se passent exactement comme JE l'aurai décidé.

Alors c'était ça, son secret ! C'était avec ces perles magiques qu'il pouvait faire revenir le temps en arrière !

— On est fichus, murmure Lola. On ne peut pas combattre le temps lui-même.

À cet instant, un second cercle lumineux se forme en l'air juste devant sa main. Un nouveau portail de Drrrouli ! La petite bête surgit dedans et lui arrache la perle d'un coup de patte : elle va se briser par terre.

— Drrrrrrrouliiiiiiii ! miaule-t-il, très fier de lui.

— Bravo mon Drrrouli ! fait Lola.

On saute tous les deux sur le démon et on le maîtrise aussitôt.

— Lève la malédiction que tu as jetée sur cette île et libère les autres dragons ! dis-je en le menaçant de mon poing.

— Et si tu essayes encore un de tes tours de traître, on te zigouille ! ajoute Lola.

Terrifié, le démon pousse une série de crissements et de cliquètements d'insecte. La température dans la salle remonte lentement. Le givre disparaît, les murs s'éclairent de veines rouges. Puis, la glace fond sur les hommes et femmes dragons sur leurs trônes. Leurs

—>

doigts remuent sur leurs accoudoirs et le rose revient à leurs joues.

Je me précipite sur ma mère.

— Maman ! Maman ! C'est moi, Témis, réveille-toi !

La vie se réveille peu à peu dans son regard. Elle bouge un bras, puis l'autre, avec une grimace de douleur, puis elle me serre contre elle.

— Témis, c'est toi, mon fils ? murmure-t-elle.

—> je vais en 89

41

Luttant pour ne pas étouffer sous la poigne de l'homme taureau, je sors la petite épée de son fourreau. Qu'elle est belle, avec ses fines runes argentées ! Elle disparaît dans un éclair blanc et son incroyable magie m'envahit aussitôt.

Dans ton inventaire, efface : « épée magique ».

C'était exactement ce qu'il me fallait ! L'épée remplit tout mon corps d'une très puissante magie de combat pour une action, et c'est maintenant que j'en ai besoin !

—> je vais en 59

42

Les soldats ne s'attendent absolument pas à être attaqués par un gamin. Il faut dire que c'est peut-être un peu risqué de provoquer deux hommes entraînés et armés.

Je me jette sur le premier et je lui colle un direct au menton.

Derrière moi, j'entends Lola :

— Qu'est-ce que tu fais, Témis ? Tu es malade ?

J'ai déjà développé une magie de combat,
—> je vais en 169

Je ne sais même pas ce que c'est,
—> je vais en 60

43

La marchande prend la racine de Sacras et pousse une exclamation ravie. Ce truc pue la pisse de chat, mais il doit avoir de la valeur, ici !

Dans ton inventaire, efface : « racine de Sacras ».

—> je vais en 7

44

Le gars continue son boniment pour faire monter les prix :

— Cette merveille venue d'un royaume lointain est d'une incomparable beauté. Regardez ces lignes lisses et noires, la perfection de cette matière étrange.

Ouais, ça s'appelle du plastique. Ils ne doivent pas en voir beaucoup, par ici.

— Cet objet au fonctionnement inconnu aurait appartenu à une sorcière aux pouvoirs fabuleux, qui s'en servait pour capturer l'âme de ses victimes.

N'importe quoi. Toi, tu as ramassé ce truc il y a moins d'une heure et tu ne sais absolument pas à quoi ça sert.

— Donnez votre or, messires et gentes dames ! Donnez votre or pour cette incroyable merveille, cet objet de magie noire unique dans cet univers !

Je donnerais cher pour pouvoir appeler Lola maintenant et voir le smartphone vibrer dans sa main. Ah ah ! Ce serait la panique !

— 1 pièce d'or ! crie une jeune femme à la peau bleue à côté de moi.

Je renchéris à 2 pièces d'or,
—> je vais en **175**

C'est trop cher, je laisse la vente se faire,
je verrai bien,
—> je vais en **12**

45

Je tends la main devant moi et la magie la rend rouge et lumineuse, si brillante que c'en est presque aveuglant. Alors je dis à la harpie :

— Aide-moi, s'il te plaît.

Elle regarde mes doigts d'un air ravi.

— Ooooh, comme c'est beeaaaaaaau. Elle est drôlement jolie, ta main, quand elle brille en rouge. Moi, j'aime bien ce qui brille.

Tu as fait le choix de négocier plutôt que de te battre.
Dans ton Tableau des magies, coche une case en magie de cœur.

—> je vais en 105

46

Je demande à Lola et Drrrouli de me suivre jusqu'au petit bois. Il fait chaud ici et de grosses guêpes bleues bourdonnent autour de moi. Sous nos pieds, les herbes sont très étranges, elles sont de toutes les couleurs et sentent le romarin.

Je fais un signe de la main aux bûcherons qui s'arrêtent aussitôt dans leur travail.

— Bonjour ! Est-ce que vous... vous comprenez ma langue ?

De près, ces deux-là me semblent de plus en plus étranges. Ils font au moins deux mètres de haut et ils doivent peser cent kilos de muscle chacun ! Deux grandes dents leur sortent de la bouche comme des défenses de sanglier. Et surtout, leur peau a une couleur bleu-vert et un aspect rugueux super bizarre. Ils ne sont pas humains, ça c'est sûr.

L'un d'eux s'approche de moi avec son énorme hache et il se met à me crier dessus dans une langue que je ne comprends pas. Ça fait quelque chose comme :

— Garl ! Garl !

—>

As-tu coché une case dans ton Tableau de Drrrouli ?

Si oui,
—> je vais en **122**

Si non,
—> je vais en **162**

47

Je tends le doigt vers Drrrouli et je dis à la marchande :

— Je vous donne cette bestiole en échange d'un de ces trucs que vous vendez. Ça vous va ?

— Quoi ? s'écrie Lola. Tu es fou ! Drrrouli, c'est notre ami !

— Drrrouli ! s'indigne l'animal, comme s'il avait tout compris.

Alors Lola prend les choses en mains. Elle se met à parler à la marchande par gestes et elle finit par troquer l'un de ses chouchous roses à paillettes contre une paire de chaussures de marche.

—> je vais en 53

48

Je ferme les yeux une seconde et je me concentre sur ma magie. Mes mains deviennent rouges et lumineuses, et ma pensée s'éclaircit. Je vais parler à cet homme taureau, on va bien trouver un moyen de s'entendre, lui et moi.

— Écoutez, dis-je d'une voix douce et ferme.

— Écouter, c'est pas mon fort ! hurle l'homme taureau.

— Nous pouvons trouver un arrangement, vous et moi, qu'est-ce que vous... Eh ! Eeeeeh !

Il ne me laisse même pas le temps de finir ma phrase : il me balance de sa barque comme un ballot pendant que je crie encore :

— Attendeeeez !

Je vais m'écraser sur le pavé de la place trente mètres plus bas...

—> je vais en 136

49

— Par les dieux ! fait le soldat. Tu es l'enfant dragon que nous recherchons !

De toutes mes forces, j'essaye de me dégager de sa poigne mais le soldat m'agrippe par le pantalon. Soudain, un tissu craque et je réussis enfin à m'enfuir dans la foule.

Hélas, je m'aperçois que la poche de mon pantalon s'est ouverte et que j'ai perdu la bourse donnée par l'orc.

Dans ton inventaire, inscris : « smartphone de Lola ».

En revanche, tu n'as plus aucune pièce d'or.

—> je vais en 117

50

Bravo, tu as franchi une étape importante de ton aventure !
Tu es arrivé au royaume de Daragonia !

Je n'avais jamais pensé que je passerais un jour dans un autre monde. Mais si je l'avais su, j'aurais quand même imaginé une entrée un peu plus stylée.

Là, je fais juste un énorme plouf dans une rivière, je bois la tasse et je me débats pour ne pas me noyer. Je n'aurais jamais cru que c'était si difficile de nager tout habillé et avec des chaussures. C'est Lola qui me sauve la vie en me tirant jusqu'à la rive.

Drrrouli nous attend. Visiblement vexé d'être trempé, il miaule un petit « Drrrouli » indigné.

Je regarde là-haut. Le portail a disparu : plus trace du démon.

— Drrrouli, conclut Drrrouli, fier de lui.

Lola, dégoulinante elle aussi, éclate de rire et frappe dans ses mains.

— Drrrouli, tu es trop cool !

—>

La bestiole cligne des yeux, satisfaite, et commence à se lécher les plumes.

— Génial, on va bien s'amuser, dit encore Lola.

Cette fille est folle. On vient de se faire attaquer par un démon. On est passés dans un autre monde. On a failli mourir noyés. Et qu'est-ce qu'elle trouve à en dire ? « On va bien s'amuser ! »

Malgré moi, un sourire me monte aux lèvres.

Cette fille est folle mais, au moins, elle est toujours de bonne humeur.

— Zut, j'ai perdu mes chaussures, dit-elle. Je vais devoir marcher pieds nus.

Je lui dis en soupirant :

— Désolé de t'avoir entraînée là-dedans, Lola. On est toujours en danger et je dois libérer ma mère. Pour ça, je dois retrouver quelqu'un du nom de « Maîtresse Ael ».

— Ta mère est prisonnière ? Ben ça alors, fait Lola.

Puis elle regarde ses mains et s'écrie :

— Oh non, c'est affreux ! Je me suis cassé un ongle !

Ça doit être l'été dans ce monde, il fait beau et chaud, ce qui est plutôt une bonne nouvelle vu l'état de nos vêtements.

La rivière va droit vers un petit bois de chênes où d'étranges bûcherons à la peau verte coupent des rondins.

Devant nous, de l'autre côté d'un pont de bois gardé par deux soldats en uniforme bleu à rayures, il y a la ville que j'avais déjà vue à travers le portail. On dirait qu'elle est tout droit sortie du Moyen Âge, avec des murailles très hautes et des tours en pierre.

Je vais voir les bûcherons à la peau verte près du bois,
—> je vais en **46**

Je vais vers le pont gardé par deux soldats, qui mène à la ville,
—> je vais en **131**

Je demande à Lola ce qu'elle en pense,
—> je vais en **66**

51

Je regarde le smartphone au creux de ma main. Quelque chose me chiffonne : pourquoi Lola avait-elle un smartphone sur elle, puisqu'elle ne vient pas de mon monde ?

Et puis d'ailleurs, comment savait-elle dans quelle classe j'étais ? Où a-t-elle trouvé des vêtements de mon monde pour le collège ? Et un cartable avec des cahiers dedans ?

Lola ne pouvait pas avoir tous ces objets sur elle en venant de Daragonia. Il n'y a qu'une seule explication possible : elle a attaqué une élève et elle lui a volé ses affaires. Ce smartphone n'est donc pas le sien. Alors comment a-t-elle eu le code ?

Peut-être qu'elle a forcé la collégienne à le lui donner. Mais dans ce cas, elle a dû le noter quelque part pour ne pas l'oublier ! Je sors le smartphone de sa pochette et… un petit papier plié en quatre me tombe dans la main. C'est un dessin de ma rue, dans mon monde, tracé au crayon et portant l'inscription « Témis ». Apparemment, Lola me cherchait, et c'est ce dessin qui l'a conduite jusqu'à moi.

Je retourne le papier : bingo ! Le code y est ! Pas en chiffres, bien sûr, mais sous la forme d'un tracé d'activation en forme de M.

Tout content, je trace le « M » sur l'écran… et voilà enfin le smartphone débloqué !

Mon premier réflexe est de vérifier la boîte mail, mais il n'y a aucun réseau sur Daragonia, bien sûr.

Alors j'ouvre le fichier photos, et je vois tout ce que Lola a mitraillé depuis le début de nos aventures. Le selfie dans la salle de classe avec la prof figée. L'arrivée à Daragonia… Il y en a plein ! Lola n'est peut-être pas de mon monde, mais elle a vite compris comment fonctionnaient les selfies et elle adorait ça !

Je me pose une question, tout à coup : peut-être qu'elle prenait ces photos pour une bonne raison ? Mais laquelle ? Mystère…

Sur la dernière photo, on est tous les trois : Lola, Drrrouli et moi. C'était devant la cité avec ses grandes portes ouvertes et ses gardes à l'entrée.

Il y a peut-être un détail là-dedans qui peut m'aider ?

Je zoome sur Lola,
—> je vais en 85

Je zoome sur Drrrouli,
—> je vais en 62

52

— Bonjour, dis-je dans une langue que je n'ai jamais apprise.

Le vendeur me regarde d'un air surpris et heureux.

— Par les dieux de la forêt ! Un jeune humain qui parle la langue des elfes, c'est rare !

Il ôte son chapeau pour me saluer et les moineaux s'envolent puis reviennent aussitôt en pépiant. Un elfe, bien sûr, c'est un elfe ! Et en tant qu'enfant dragon, je sais parler toutes les langues.

— Un garçon intelligent comme toi ne se contentera pas de babioles pour touristes. Attends un peu...

L'elfe se penche sous son étal et ressort plusieurs objets.

— Voici une arme magique, dit-il en désignant une épée couverte de fines runes argentées, elle te donnera la magie de combat des dragons pour un affrontement.

La magie de combat des dragons ? Et si je l'ai déjà, ça fait quoi ? Peut-être que cette épée renforce encore le pouvoir.

— Et ceci, dit-il en montrant un cristal en forme de cœur, est un objet qui te donnera la magie de cœur des dragons pour une action.

Ouais, je vois. Ce gars donne dans le commerce magique, en fait.

— Ils coûtent tous les deux 3 pièces d'or.

Il me sourit gentiment.

— Sinon, bien sûr, j'ai aussi toutes sortes de marchandises plus ordinaires : des poignards, un manteau bien chaud au cas où tu devrais aller en montagne, et une racine de Sacras, très utile pour guérir les blessures. Mais si tu n'as pas assez d'argent, je peux aussi te racheter quelque chose.

Tu peux vendre un de ces objets à l'elfe pour 1 pièce d'or si tu le souhaites :

- *une plume de Drrrouli*
- *une racine de Sacras*
- *un poignard*
- *un chouchou rose*

Dans ce cas, efface-le (ou les) de ton inventaire.
Et ajoute autant de pièces d'or que tu en as gagné.

Tu peux acheter :

- *l'épée magique pour 3 pièces d'or*
- *le cœur en cristal pour 3 pièces d'or*
- *un poignard pour 1 pièce d'or*
- *un manteau pour 1 pièce d'or*
- *une racine de Sacras pour 1 pièce d'or*

Si tu achètes un ou plusieurs de ces objets, inscris-le (ou les) sur ton inventaire.
Retire aussi ce que tu as dépensé du nombre de tes pièces d'or.

Je remercie l'elfe aux moineaux et je me fonds de nouveau dans la foule en essayant de retrouver ce fichu port,
—> je vais en 148

53

— Excusez-moi, madame, dis-je. Savez-vous où je peux trouver Maîtresse Ael ?

— Ael ! répète-t-elle en hochant la tête.

Ravie d'avoir fait affaire avec nous, la dame nous montre la cité du doigt et nous invite à la suivre jusqu'au pont gardé par deux soldats.

Ils arrêtent la marchande et elle parle un moment avec eux dans leur langue bizarre. Les soldats nous désignent du doigt, méfiants, mais elle leur fait son plus beau sourire et, finalement, ils acceptent de nous laisser passer.

Après l'avoir remerciée de nous avoir aidés, on continue tous les trois notre chemin jusqu'à la ville.

—> je vais en 100

54

Je retrouve facilement le rat et grâce à la magie de cœur, son esprit et le mien communiquent. Je peux voir des images directement dans sa tête et ce rat sait vraiment des tas de choses ! Il y a une trappe dans le couloir, peut-être un moyen de s'échapper ? Et il sait aussi que mes affaires sont dans un placard à gauche, dissimulé dans l'ombre. Cool.

J'aurais pu passer dix fois à côté du placard sans le voir, merci encore le rat. Oh, génial ! Les soldats ont tout laissé ici, ces têtes de nœuds !

Tu as retrouvé tes affaires : dans ton inventaire, efface les parenthèses qui entourent tous tes objets (si tu en avais)... sauf les pièces d'or (si tu en avais), car les soldats les ont volées !

Je marche en silence jusqu'à trouver la trappe, toute recouverte de poussière et de saleté. Je pourrais essayer de l'ouvrir.

Sinon, je peux aussi aller jusqu'à la porte en bois au fond du couloir par où je suis arrivé avec les gardes.

Ou alors, je défonce ce sol abîmé pour y faire un trou et passer dans la salle en dessous.

J'ai au moins 3 en magie de combat et j'essaye de défoncer le sol,
—> je vais en **84**

J'essaye d'ouvrir la trappe,
—> je vais en **179**

J'essaye d'ouvrir la porte,
—> je vais en **121**

55

Il me vient alors une idée : cette racine de Sacras que je porte sur moi depuis un petit moment, elle pourrait peut-être m'aider ? « Sacras » ça veut dire « soigner » en langue orc. Et si cette racine qui pue pouvait me protéger du froid ?

Dans un dernier réflexe, les mains tremblantes, je la prends dans ma poche et je la fourre dans ma bouche.

Dans ton inventaire, efface : « racine de Sacras ».

Ce truc a un sale goût, mais il me sauve la vie : je me sens tout de suite beaucoup mieux. C'est comme si mon corps chauffait soudain trois fois plus pour lutter contre le froid.

Mais l'effet commence déjà à s'affaiblir. Vite ! Il faut toujours que je trouve un manteau.

Je tente ma chance du côté bateau gelé,
—> je vais en 15

J'essaye plutôt le temple du dieu nu,
—> je vais en 129

56

Pour accéder à la cale, je dois tirer comme un fou sur une trappe aux jointures complètement collées par la glace. Ça me prend beaucoup de temps et le vent me fouette le dos et les mains. Quand j'arrive enfin à la dégager, je descends un escalier raide et glissant, en tremblant de tous mes membres. Je tombe par terre, claquant des dents. Le froid est si intense que je m'engourdis peu à peu.

Par un violent effort de volonté, je me remets debout et je regarde ce qu'il y a autour de moi.

Des hamacs. Des tonneaux. Des cadavres de gens congelés, dont les vêtements légers sont collés à la peau par la glace.

Rien ! Il n'y a rien ici !

Je m'avance vers le fond. Il fait sombre. Je me sens faible.

Alors j'aperçois une pile de couvertures à dix mètres de moi. Je fais un pas, puis un autre, puis un troisième encore, mais je finis par m'effondrer à un mètre de la pile.

J'ai une racine de Sacras,

—> je vais en **191**

Je n'en ai pas,

—> je vais en **13**

57

Je prends une grande inspiration et je me tourne vers le démon. Les larmes brouillent ma vue.

— Sauvez ma mère et vous aurez ce que vous voudrez.

Il agite ses longues pattes noires, dans un geste de plaisir et d'impatience.

— Bien, bien ! Vas-y, franchis le pentacle pour moi. Depuis le temps que j'attends ce moment !

— Ne fais surtout pas ça, Témis ! crie une voix à l'autre bout de la salle.

C'est Lola !

Le démon se retourne, l'air furieux.

— Tais-toi, enfant dragon !

Elle est immobile, sous sa forme de dragon noir. Si loin que dans la pénombre, je ne l'avais pas remarquée.

— Lola ?

— Ne lui donne pas les œufs ! crie-t-elle encore. Dès qu'il les aura, il volera leur pouvoir. Ensuite, il vous tuera, ta mère et toi, et tous les autres dragons !

— Tais-toi donc ! répète le démon. Laisse Témis faire son choix !

Je me tourne vers lui.

— Vous avez essayé de me piéger. Je refuse votre marché.

Il tend vers moi une patte noire et prononce une formule magique dans une langue crissante et grinçante :

— *Je prends possession de toi, enfant dragon. Dorénavant, je serai le maître et tu seras une poupée entre mes mains !*

Je ressens un picotement au bout des doigts et sur mon tatouage, mais à part ça, pas grand-chose.

— C'est ça. Et mon poing dans ta face de cafard, ça fait partie du plan, aussi ?

Je m'approche de lui, prêt au combat.

— Par les dieux ! La formule contre les enfants dragons ne fonctionne pas ! crache le démon.

Il en prononce une nouvelle :

— *Je prends possession de toi, enfant humain. Dorénavant, je serai le maître et tu seras une poupée entre mes mains !*

Toujours aucun effet sur moi. J'éclate de rire.

— C'est tout ce que tu sais faire ?

— Tu... Tu résistes à ma magie ?

— Je ne suis ni un enfant dragon ni un enfant humain, je suis les deux à la fois. Je crois que je comprends enfin pourquoi mes parents m'ont appelé Témis. C'est « Métis » à l'envers, et c'est exactement ce que je suis : un mélange. Et maintenant, libère ma mère et tous les autres ou je t'écrabouille.

— Tu crois que tu as gagné, mon petit ? ricane le démon. Tu te trompes lourdement.

Soudain, un éclair noir fonce vers moi. C'est Lola.

—> je vais en 97

58

Un puissant jet de feu rouge jaillit de ma gueule et frappe Lola en pleine face. Elle pousse un hurlement et retombe au sol, la tête à moitié carbonisée.

— P... Parfait, Témis, tu as été parfait. Maintenant, sauve les d... dragons, murmure-t-elle dans un dernier soupir.

Drrrouli réapparaît aussitôt dans un nuage de poussière et pousse des cris déchirants sur le corps de sa maîtresse.

— Drrrouliiii ! Drrrouliiii !

Des larmes bouillantes roulent sur mes joues écailleuses de dragon. J'ai tué Lola. C'est un cauchemar. J'ai tué mon amie !

— Tout cela est bien fâcheux, dit le grand maître des démons derrière moi. Les choses ne se sont pas passées comme prévu.

Je me tourne vers lui, plein de rage et de désir de vengeance.

— Mais il me suffit de remonter le temps et de changer le cours des choses... fait-il en levant une patte.

Il tient entre ses pinces d'insecte une petite perle remplie d'un liquide blanc et la monte bien haut pour me la montrer.

— Je vais briser cette perle de temps et faire en sorte de corriger le passé pour que tout se déroule cette fois selon MES plans.

C'est donc ça, le secret de ses retours en arrière dans le temps ! Il lui suffit de briser une de ces perles magiques !

— Tu ne reverras jamais ta mère, sang-mêlé, la race des dragons restera gelée et disparaîtra dans l'oubli.

Et là, il commet une erreur : il s'approche d'un pas vers moi pour me narguer. Tout juste assez près pour que je le brûle comme j'ai brûlé Lola.

—> je vais en 155

59

D'un coup de genou bien placé sur son museau, je fais craquer quelque chose et l'homme taureau me lâche en poussant un cri. Souple comme un chat, je me retrouve sur mes deux pieds en position de combat. L'homme taureau me dépasse d'un bon mètre cinquante et doit faire quatre fois mon poids, mais il n'a pas de magie, lui !

D'une main, il attrape sur le pont une rame énorme et, en poussant un hurlement, essaye de m'assommer d'un mouvement tournoyant. Je fais un salto arrière pour l'éviter, et je frappe d'un coup de pied au menton qui le sonne à moitié. Après ça, je l'achève d'une série de coups rapides à l'estomac, chacun si puissant qu'il pourrait casser un mur de brique.

L'homme taureau, la tête en sang, met ses mains en avant et beugle :

— Tu as gagné. Par les dieux ! Tu es petit mais tu es un vrai guerrier ! Je respecte ça. Tu m'as battu à la loyale, demande-moi ce que tu veux.

Tu as choisi de te battre pour te faire respecter de l'homme taureau. Dans ton Tableau des magies, coche une case en magie de combat.

— Je dois me rendre sur l'île des dragons, dis-je d'une voix ferme.

Il a l'air surpris, mais hoche la tête.

— Comme tu voudras. Cap sur l'île des dragons !

—> je vais en 16

60

Je fauche le premier soldat d'un balayage réussi à la perfection, et ensuite, j'envoie mon poing au creux de l'estomac du deuxième. Pas de chance : il portait une cotte de mailles sous son uniforme. C'est comme si mon poing rencontrait un mur...

Je me plie en deux sous l'effet de la douleur, c'est à peine si je remarque la lance qui va me transpercer la gorge.

Tu as choisi de te battre contre des adversaires plus nombreux et plus forts que toi. Ce n'était pas très prudent, mais c'était courageux. Cela révèle de ta part un caractère de guerrier.
Dans ton Tableau des magies, coche une case en magie de combat.

—> je vais en 115

61

Je marche un moment en suivant la pente et je finis par arriver au port de Darago.

Waoh ! Quelle merveille !

Des centaines de navires de toutes les tailles sont alignés sur les quais. Certains ressemblent aux anciens voiliers du Moyen Âge, d'autres n'ont aucune voile, peut-être qu'ils utilisent de la magie pour avancer ? Mais surtout, en levant les yeux, je vois des navires entiers qui volent carrément au-dessus de ma tête ! Ils flottent là-haut et continuent leur chemin comme si de rien n'était.

En tout cas, au niveau des quais, c'est presque impossible d'avancer tellement la foule est dense. Entre les marins, les dockers et les marchands, dont la moitié ne sont pas humains, j'arrive à peine à me faufiler jusqu'à l'eau.

—> je vais en 135

62

Il est vraiment trop mignon avec sa petite tête poilue et ses moustaches qui dépassent. Dire qu'il s'est enfui au premier danger. Ce petit trouillard me manque beaucoup, tout à coup.

Oh tiens, il y a un truc accroché à son cou.

Zoom Zoom Zoom.

Eh ! On dirait un médaillon ! C'est un peu flou, mais... quelque chose est gravé dessus. Des sortes de runes. Et soudain, j'arrive à les déchiffrer : non seulement je parle toutes les langues, mais on dirait aussi que je sais les lire !

C'est marqué : « Appelle-moi, ami, et je serai à tes côtés ! »

Bizarre.

Je prononce la phrase à voix haute,
—> je vais en 189

Je préfère ne pas faire de bruit,
—> je vais en 32

63

Je me mets en position de boxeur, jambes fléchies, mains à hauteur des yeux. Peu à peu, je sens monter en moi une force surhumaine. Mes poings s'illuminent d'une lueur rouge. La scène devient très simple dans mon esprit, j'ai la tête froide, pleine de calculs de mouvements et de tactiques. Le premier bûcheron abat sa hache sur moi en hurlant, mais je l'évite facilement.

Sans réfléchir, je pousse un cri de guerre : « Kiaï ! » Je donne un coup du plat de la main sur le manche en bois. Avec un craquement sinistre, la hache se fend en deux et la moitié du manche est projetée en l'air à trente mètres de là.

Aussi facilement que si j'avais fait ça toute ma vie, je bondis jusqu'au deuxième bûcheron et frappe du coude dans son ventre.

Il fait un vol plané de trois mètres avant de retomber sur un jeune arbre qui se casse en deux sous le choc.

Waoh ! J'ai mangé quoi, ce matin ?

Je regarde mes poings, encore rouges et lumineux. C'était de la magie !

Alors ma mère avait raison ? J'ai ça en moi et je vais le développer peu à peu ?

—>

Tu as fait le choix de te battre contre les bûcherons, ce qui révèle de ta part un caractère de guerrier.
Dans ton Tableau des magies, coche une case en magie de combat.

Les deux bûcherons se jettent à genoux devant moi. Ils pleurent et gémissent comme s'ils voulaient que je les épargne. « Darago ! Darago ! » disent-ils.

Je me tourne vers Lola et Drrrouli. Lola me regarde avec de grands yeux.

— Dis donc, Témis, tu ne m'avais pas dit que tu étais un champion de karaté !

— Tu comprends quelque chose à ce qu'ils racontent, toi ? Ça veut dire quoi, « Darago » ?

— Ça ressemble un peu à « Dragon », non ? me répond Lola. Peut-être qu'ils ont vu ton tatouage sur la main ?

Je demande aux deux bûcherons, en parlant très lentement :

— Je… cherche… Maîtresse… Ael. Vous comprenez ?

Ils se regardent et tendent tous les deux le doigt vers la cité de l'autre côté de la rivière.

— Maystrasse Ael ! crient-ils.

Ensuite, ils me font signe de les suivre jusqu'à une barque tirée sur la berge.

Bon, apparemment, Maîtresse Ael est dans la cité.

Je les suis dans la barque,
—> je vais en 160

Je refuse de monter là-dedans avec ces deux fous furieux,
—> je vais en 170

64

La marchande hoche la tête, satisfaite du paiement. Il faut dire qu'elle est magnifique, toute rouge et orange avec une pointe de jaune.

Dans ton inventaire, efface : « plume de Drrrouli ».

—> je vais en 7

65

Je me hisse à la force des bras dans un autre cachot. Waoh, ça sent le chacal, ici. Je rappuie sur l'écran d'accueil du smartphone pour faire un peu de lumière et je pousse un cri.

D'autres prisonniers sont dans cette pièce, mais ceux-là ne sont pas humains. Ce sont deux serpents énormes, chacun large comme un tronc d'arbre et longs d'au moins dix mètres. Ils ont des têtes aussi grosses que des pitbulls !

— Tiens tiens-sssss... murmure l'un des deux, de la nourriture qui vient nous voir-ssssss.

Je prends aussitôt la parole.

— Ne m'attaquez pas ! Je suis prisonnier, comme vous. Ensemble, on pourra peut-être tous s'échapper d'ici.

Dans ma bouche, les mots sifflent comme ceux d'un serpent : j'ai utilisé exactement la même prononciation qu'eux.

Le premier serpent me répond :

— Déssssssolé, j'ai trop faim-sssssss.

Il ouvre une gueule où pointent deux crochets, longs comme des poignards, et me saute dessus. Je lâche le smartphone qui retombe par terre et je fais un pas de côté. D'un coup de poing d'une puissance surhumaine, je le cogne à la tête et je sens ses os craquer.

S'attaquer à un enfant dragon ? Mauvaise idée que tu as eue, toi !

Tu as fait le choix de négocier avec ces serpents, puis tu t'es courageusement défendu.
Regarde ton Tableau des magies : dans laquelle as-tu coché le plus de cases ? Magie de cœur ou magie de combat ?
Coche une case supplémentaire dans la magie où tu es déjà le plus fort.
Si tu as coché autant de cases dans les deux magies, coches-en une dans celle de ton choix.

Il y a juste un truc auquel je n'avais pas pensé : l'écran d'accueil du smartphone s'éteint toujours au bout de cinq secondes. Je me retrouve dans le noir complet au pire moment.

Je ne peux rien faire quand le second serpent s'enroule autour de moi et m'immobilise complètement.

— Je t'aurais bien épargné, petit enfant dragon-sssss. Mais tu viens de casser la mâchoire à mon mari, l'amour de ma vie. Alors je vais te dévorer-ssssss.

—> je vais en 119

66

Je me tourne vers Lola.

— Tu en penses quoi, toi, Lola ? On doit aller par où, à ton avis ? Si tu as une idée, je te fais confiance.

— Waouh ! fait-elle d'un air étonné. Personne ne me fait jamais confiance, d'habitude ! Les gens disent toujours que je suis fofolle ou tête en l'air et ils ne m'écoutent pas. Merci Témis !

Tu as fait le choix de ne pas te fier aux apparences et de faire confiance à Lola. Cela révèle de ta part une capacité à écouter les autres et à voir les qualités en eux.
Sur ton Tableau des magies, coche une case en magie de cœur.

Lola pointe du doigt une femme avec un chapeau bizarre, qui remonte le chemin avec une charrette tirée par un âne.

— J'ai l'impression que cette femme est une marchande. Si on lui achète quelque chose, elle nous aidera sûrement.

—> je vais en 178

67

Je marche jusqu'à la marchande ambulante, suivi par Lola et Drrrouli. La femme est petite et toute ronde, avec un sourire jusqu'aux oreilles. Sur sa tête, elle porte un chapeau ahurissant, un truc qui ressemble à un champignon géant et qui est presque aussi grand qu'elle. Sa robe en met plein les yeux, elle aussi : de l'orange, du jaune, du rouge, avec des trucs dorés, des trucs brillants, des dentelles...

— J'adore son look ! fait Lola en la prenant en photo avec son smartphone.

La femme ronde se tourne vers les marchandises de sa charrette et se met à nous parler dans une langue inconnue.

Je laisse Lola lui parler,
—> je vais en 99

Je lui parle moi-même,
—> je vais en 107

68

Si j'ai une épée magique, c'est peut-être le moment de l'utiliser ?

J'ai cette épée et je l'utilise,
—> je vais en 190

Sinon,
—> je vais en 195

69

Je me retrouve de nouveau sur la berge, trempé.

Lola, dégoulinante elle aussi, éclate de rire et frappe dans ses mains, exactement comme elle l'a fait la première fois.

— Drrrouli, tu es génial !

La bestiole se lèche les plumes.

— On va bien s'amuser, fait Lola.

Tout ça a un goût de déjà-vu...

Bon, en tout cas, le paysage n'a pas changé par rapport à la dernière fois. À gauche, des bûcherons coupent des rondins près d'un petit bois de chênes. Devant nous, de l'autre côté du pont gardé par les deux soldats, il y a une ville qu'on dirait tout droit sortie du Moyen Âge, avec des murailles et des tours en pierre.

Oh, il y a aussi un détail que je n'avais pas remarqué la dernière fois : une marchande ambulante avance sur un chemin avec une charrette tirée par un âne.

—>

Je vais aller voir les bûcherons près du bois,
—> je vais en **46**

Je retourne au pont, en essayant de faire en sorte que ça se passe mieux, cette fois,
—> je vais en **75**

Je vais voir la marchande,
—> je vais en **67**

70

Je fonce à la tour de garde en haut d'une butte, mais, alors que je suis presque arrivé au sommet, je glisse sur une plaque de verglas et je dégringole le long de la pente. Quand je me relève, transi de froid, je suis revenu à mon point de départ.

Zut ! Je n'ai rien de cassé, mais il va falloir faire attention où je mets les pieds !

—> je vais en 24

71

Tiens ! Il y a une vieille porte au fond que je n'avais pas remarquée. Qu'est-ce qu'il peut bien y avoir derrière ? Elle est entrouverte ! Je pourrais aller voir ça de plus près.

Si je ne suis encore jamais passé par cette porte, je peux pousser le battant et entrer,
—> je vais en 103

Si j'ai déjà visité cette partie du cachot ou si je préfère explorer un autre endroit...

... je vais plutôt inspecter la grille,
—> je vais en 86

... sauf si je l'ai déjà fait, je vais plutôt inspecter la voûte,
—> je vais en 144

72

Je fourre la main dans ma poche et j'en ressors la racine de Sacras. Ce truc pue le pipi de chat, mais c'est le seul objet que j'ai sur moi et qui sent fort.

La harpie ferme les yeux et inspire longuement la vieille racine pleine de terre.

— Ooooh, comme ça sent boooooon.

Tu as fait le choix de négocier plutôt que de te battre.
Dans ton Tableau des magies, coche une case en magie de cœur.
Dans ton inventaire, efface : « racine de Sacras ».

—> je vais en 105

73

— Eh, dis-je en posant une main sur l'épaule du bûcheron. Arrêtez, vous allez vous faire mal !

Il relève la tête.

Tu as eu pitié du bûcheron et as fait preuve de compassion, cela révèle en toi un caractère tourné vers les autres.
Dans ton Tableau des magies, coche une case en magie de cœur.

— Je cherche Maîtresse Ael, dis-je aux bûcherons. Vous connaissez ce nom ? A-el.

Ils ont l'air de comprendre et ils me font signe de les suivre jusqu'à une barque tirée sur la berge.

— Ael ! Ael ! disent-ils en pointant le doigt vers la cité de l'autre côté de la rivière.

Je les suis dans la barque,
—> je vais en 160

Monter avec ces deux fous furieux ? Non merci, je ne suis pas débile,
—> je vais en 170

74

Je ne comprends rien à ce qu'ils disent. Mais dans toutes les langues du monde, les gens se font des sourires, non ? Alors j'y vais au culot. Je fais « oui, oui » de la tête, en espérant que ce signe ait la même signification ici que chez moi. Quant à Lola, elle les prend en photo avec son smartphone et leur dit qu'ils sont « trop chou » tous les deux.

Les deux soldats écarquillent les yeux et éclatent de rire. Ils nous prennent sans doute pour des fous et on n'arrête pas des fous, pas vrai ?

En tout cas, ils nous laissent passer.

Le culot, des fois, ça marche !

Tu as fait le choix de ne pas affronter ces soldats, mais de chercher une solution pacifique. Ils t'ont peut-être pris pour un fou, mais tu te soucies moins de ce qu'on pense de toi que d'éviter de blesser quelqu'un (ou d'être blessé). Cela révèle de ta part une volonté de rechercher la paix avec les autres.

Dans ton Tableau des magies, coche une case en magie de cœur.

—> je vais en 100

75

Les deux soldats en uniforme bleu à rayures se tiennent sur le pont. Ils ne se souviennent de rien, évidemment : pour eux, c'est la première fois qu'ils me rencontrent. Dès qu'on s'approche, l'un d'eux lève la main et redit :

— Borack !

Je vais éviter de les provoquer, cette fois : pas sûr que ma mère puisse me sauver la vie à nouveau.

Je possède une racine de Sacras et je décide de la leur montrer,
—> je vais en 109

Je fais mon plus beau sourire et j'essaye de passer quand même,
—> je vais en 74

Si je ne suis pas encore allé parler aux bûcherons près du bois, on peut aussi faire demi-tour et marcher jusque là-bas,
—> je vais en 46

Je vais plutôt voir la marchande,
—> je vais en 67

76

La marchande me tend le poignard en échange. C'est une arme petite, mais mortelle si elle est bien utilisée. En la prenant dans ma main, je sens monter en moi une étrange énergie.

Tu as fait le choix d'acheter une arme, ce qui révèle de ta part un caractère de guerrier.
Dans ton Tableau des magies, coche une case en magie de combat.
Et sur ton inventaire, inscris : « poignard ».

Dans mon inventaire, j'ai un chouchou rose,
—> je vais en **112**

Je n'ai pas de chouchou rose,
—> je vais en **53**

77

Je me promène dans cette ville que je ne connais pas. Tout est surprenant, ici : des femmes chevaliers en armure côtoient des magiciens aux cheveux rasés, des marchands en chemises à plumes discutent avec des hommes à tête de tigre – ils portent des robes roses en dentelle, ça fait bizarre sur des hommes tigres. Les rues sont minuscules et dégoûtantes, tout le monde jette ses ordures par terre.

Mais sinon, les gens ont des vêtements cools, avec plein de couleurs et des formes rigolotes qu'on ne voit pas dans notre monde. Et les maisons sont trop belles !

Il y a même un palais carrément fou, entièrement suspendu dans le vide comme un ballon ! Il a des tourelles, des toits en or et des statues de marbre toutes blanches sur les balcons… Je me demande comment on y monte, vu qu'il n'y a pas d'escaliers ? La magie, sans doute.

La ville est un fouillis de petites ruelles et il n'y a pas le moindre panneau indicateur, j'ai vraiment du mal à retrouver la grande porte où j'ai perdu Lola. Mais au bout d'un moment, je tombe dessus par hasard : je reconnais les tours en pierre, la grande arche et la foule de gens qui entrent et qui sortent.

Lola a disparu, bien sûr... Est-ce qu'elle a été capturée ? Est-ce qu'elle est en fuite ?

Sous les portes, il n'y a plus aucune trace du combat ni des démons, et deux soldats ont repris leur garde.

Quelque chose par terre attire soudain mon attention, juste entre les deux pieds d'un des soldats. Je m'approche prudemment : c'est le smartphone de Lola !

J'essaye de me glisser près du garde
et de le ramasser discrètement,
—> je vais en 28

Je provoque une bagarre et je profite
de la confusion pour ramasser le smartphone,
—> je vais en 152

J'ai une magie de combat et j'assomme le garde
d'un coup de poing avant de m'enfuir avec
le smartphone,
—> je vais en 93

78

La marchande me donne le jouet en forme de souris, qui ressemble à une boule de laine au bout d'un petit collier. Elle a deux yeux cousus en noir et une petite queue.

Quand je la montre à Drrrouli, il devient tout fou ! Mais au lieu de jouer avec comme un chat, il lui fait un gros câlin et ne veut plus s'en séparer. Je la lui accroche autour du cou et il se frotte à mes jambes en ronronnant.

— Ben toi, dit Lola, admirative, tu aimes les animaux !

Elle regarde en soupirant les chaussures de marche. Je me sens un peu coupable mais tant pis, on ne peut pas tout acheter !

Dans ton Tableau de Drrrouli, coche une case.

Dans mon inventaire, j'ai un chouchou rose,
—> je vais en 112

Je n'ai pas de chouchou rose,
—> je vais en 53

79

Je frappe de nouveau le sol de ma prison avec toute ma force de dragon. Un trou se forme sous mes pieds et je me retrouve sur le bateau volant de l'homme taureau. Les débris tombent autour de nous, ainsi que mes affaires que je rattrape au vol.

Grâce à ta magie de combat, tu as suffisamment de réflexes pour rattraper certains objets qui t'appartiennent (si tu en avais).
Dans ton inventaire, choisis autant d'objets que tu as de cases cochées en magie de combat (sauf les pièces d'or si tu en avais, car les gardes les ont volées). Efface les parenthèses qui entourent ces objets.
Si tu avais plus d'objets que tu ne peux en rattraper, alors les autres sont perdus : efface-les de ton inventaire.

Le capitaine à tête de taureau s'avance de nouveau vers moi d'un air menaçant, mais cette fois, il n'a plus l'avantage de l'effet de surprise : je suis préparé !

—> je vais en 59

80

Le temps de remonter cette pente verglacée, je serai mort de froid.

Il ne me reste plus que quelques instants pour trouver un manteau avant de mourir, je pense plutôt qu'il faut que je cherche du côté…

… du bateau gelé,
—> je vais en 15

… du temple du dieu nu,
—> je vais en 129

81

Bizarre, une porte ouverte dans un cachot. Ça ne mène sûrement pas à une sortie, sinon, ce ne serait pas un cachot. Peut-être à une autre cellule ? Et à un prisonnier dangereux ?

Si je ne suis encore jamais passé par cette porte, je peux pousser le battant et entrer,

—> je vais en 103

Si j'ai déjà visité cette partie du cachot ou si je préfère éviter de m'y risquer…

… je vais plutôt inspecter la grille,

—> je vais en 86

… si je ne l'ai pas déjà fait, je vais plutôt inspecter la voûte,

—> je vais en 144

82

Le temps s'arrête soudain. Je suis suspendu dans les airs, le rocher à trois centimètres de mon crâne. Lola et Drrrouli sont maintenant figés, eux aussi, ils ne bougent plus d'un poil.

« Toujours trop pressé, comme ton père ! » fait la voix de la femme dragon dans ma tête. « Heureusement que je peux voir tout ce que tu fais tant que tu as la perle noire avec toi. »

Ma mère a arrêté le temps.

—> je vais en 134

83

Le rat s'enfuit. Brrrr, j'aurais pu me faire mordre ! Mais l'essentiel, c'est que je finis par retrouver le smartphone, ouf !

Bon, la grille a l'air solide à première vue. Je la secoue un peu mais je n'arriverai à rien de ce côté-là.

Si je ne l'ai pas déjà fait, j'inspecte la voûte,
—> je vais en 144
Si je ne l'ai pas déjà fait, je fais le tour du cachot pour voir si je trouve quelque chose,
—> je vais 71

84

Le sol est déjà abîmé à cet endroit, mais il est encore solide. Il va falloir cogner fort.

Je ferme les yeux et inspire un bon coup. Une chaleur intense monte dans mes mains, ma magie de combat est devenue si puissante ! Avec un cri terrible, je frappe des deux poings sur le sol de ma prison.

Les poutres de bois vermoulu volent en éclats. Un trou se forme sous moi et le vide m'avale. Le palais ! J'avais oublié qu'il était suspendu dans les airs !

Heureusement, au lieu de m'écraser trente mètres plus bas, je me retrouve dans une sorte de... petit bateau ? Ça a un mât et une voile, ça vole dans les airs et ça a quatre membres d'équipage qui me regardent d'un air stupéfait. Un bateau volant ! Il passait sous le palais et il a amorti ma chute !

Au-dessus de moi, il y a un trou béant. Des centaines de pierres tombent, des poutres s'écrasent en bas, la grille rouillée de mon cachot passe à un cheveu du bateau et je vois même certains objets qui m'appartiennent qui chutent avec le reste. Eh ! J'essaye de les rattraper au vol !

Grâce à ta magie de combat, tu as suffisamment de réflexes pour rattraper certains objets qui t'appartiennent (si tu en avais). Dans ton inventaire, choisis autant d'objets que tu as de cases cochées en magie de combat (sauf les pièces d'or, car les gardes les ont volées !). Efface les parenthèses qui entourent ces objets. Si tu avais plus d'objets que tu ne peux en rattraper, alors les autres sont perdus : efface-les de ton inventaire.

Sur le pont du petit bateau, un géant s'avance vers moi, les bras croisés. Ma bouche s'ouvre dans un grand « O » de surprise quand je m'aperçois qu'il a une énorme tête de taureau et qu'il fait deux fois ma taille. Il doit peser plusieurs centaines de kilos, comme un vrai taureau ! Vêtu d'un simple pantalon de toile, il exhibe un torse nu couvert de poils.

— Tu as abîmé mon bateau volant, étranger ! crie-t-il d'un air furieux.

Il se penche vers moi et m'agrippe des deux mains. Au secours ! Il va me jeter par-dessus bord !

J'ai une magie de cœur et je souhaite m'en servir,
—> je vais en 48

J'ai une magie de combat et je souhaite m'en servir,
—> je vais en 182

85

Lola, son tee-shirt rose à paillettes, son grand sourire un peu foufou et sa façon de toujours voir le bon côté des choses... Est-ce que cette fille existe vraiment ou est-ce qu'elle s'est inventé un personnage pour jouer la comédie ? En tout cas, elle me manque, la Lola que j'ai connue...

Il y a autre chose qui m'étonne : c'est Lola que Drrrouli regarde sur la photo. Il se frotte à ses jambes comme s'ils se connaissaient très bien, tous les deux, on dirait presque que c'était Lola sa maîtresse. Pourtant, ma mère m'a dit que c'était elle qui m'avait envoyé Drrrouli pour me faire passer dans son monde. Bizarre.

Je zoome sur Drrrouli,
—> je vais en 62

86

J'avance dans la pénombre jusqu'à la grille et paf ! Je bute contre une pierre qui dépasse du sol. Je lâche le smartphone par terre et je me retrouve dans le noir.

Manquait plus que ça ! J'espère qu'il n'est pas cassé !

Je tâtonne pour retrouver le smartphone et ma main se pose sur...

... un rat.

J'ai une magie de cœur de niveau 3 ou plus, et je souhaite m'en servir,

—> je vais en 88

J'ai une magie de combat à un niveau 3 ou plus, et je souhaite m'en servir,

—> je vais en 20

Je n'ai aucune des deux magies à ce niveau,

—> je vais en 83

87

Pendant que Lola fait des grimaces et prend des selfies avec Drrrouli puis avec chacun des élèves figés dans la classe, je m'avance vers le mur du fond. C'est dingue ! De l'autre côté de cette espèce de portail rond, il y a de la terre, de l'herbe, une rivière... Et ça paraît aussi réel que si on y était. Je passe la main dedans : je sens la chaleur du soleil sur ma peau.

Mais si c'est réel, alors la femme dragon disait la vérité. Ça veut dire que je suis peut-être vraiment un enfant dragon... Et aussi que je suis en danger ! Elle a parlé de démons qui dévorent le monde, c'était carrément flippant.

Je reviens vers Lola.

— Euh, Lola ? Je crois qu'on ferait mieux d'y aller, là.

« Drrrrrouliii ! » fait soudain Drrrouli de sa voix de chat devant le portail. Et ça sonne comme s'il essayait d'attirer notre attention. « Drrrouli ! Drrrouli ! »

Tout à coup, la pièce devient noire. Les fenêtres qui donnent sur la rue, les lampes au plafond... c'est comme si toute la lumière du monde s'était éteinte.

On n'entend plus rien, sauf une respiration lente et lourde juste derrière nous. On dirait celle d'un gros animal.

— Témis ? murmure Lola. C'est toi qui fais ce bruit-là ?

— Lola ? S'il te plaît, allume la lampe torche de ton smartphone.

Un faisceau lumineux traverse l'obscurité et Lola le dirige lentement derrière nous.

Ce qui vient d'apparaître dans la salle de classe n'a rien d'humain. Ni d'animal. C'est très grand et large. Ça a six pattes d'insecte. Ça a une tête noire couverte de centaines de petits yeux brillants.

Lola pousse un hurlement et Drrrouli bondit pour se placer entre le monstre et nous. Par un effort de volonté, je réussis à ne pas me laisser envahir par la panique. Merci papa et ces années d'entraînement.

Je prends une chaise et je la fracasse sur la tête du monstre,

—> je vais en 126

Je sauve Drrrouli et Lola en les prenant avec moi et en sautant à travers le portail,

—> je vais en 18

88

La magie afflue dans mes mains. Soudain, mon esprit entre en contact avec celui du rat.

— Salut, le rat. Dis-moi, est-ce que tu sais comment sortir d'ici, toi ?

Des images apparaissent dans mon esprit, des choses vues et connues par le rat. Il y a une petite fuite d'eau au plafond et des gouttes coulent le long d'un des barreaux de la grille. Avec le temps, ce barreau a probablement été rongé par la rouille. J'arriverai peut-être à le briser ?

— Merci pour l'info, le rat !

Je retrouve le smartphone, je me lève et je tâte les barreaux un à un.

Bingo !

L'un d'eux est abîmé et pourrait se casser facilement. Je ne l'aurais jamais remarqué sans le rat.

Je tire dessus comme un fou et un bout de métal me reste dans la main. Il y a maintenant un trou dans la grille et je me faufile de l'autre côté : dans le couloir très sombre de l'entrée.

Personne.

Le sol est très abîmé, ici. Peut-être qu'en donnant un très grand coup dedans, je pourrais y faire un trou et passer dans la salle en dessous ? Si j'ai une magie de combat à un niveau 3 et que je souhaite l'utiliser,

—> je vais en 84

Le rat ne doit pas être parti bien loin. Et s'il y avait encore des choses qu'il avait envie de me montrer ? J'essaye de le retrouver et de communiquer avec lui par magie,

—> je vais en 54

89

Un instant plus tard, tous les dragons se réunissent en cercle, tandis que le démon a été ligoté solidement. Alors le roi et la reine s'avancent sous leur forme humaine, magnifiques dans leur armure d'argent et de diamants. Ma mère et tous les autres dragons s'inclinent devant eux.

— Lola, dit la reine, tu nous as réveillés de treize ans de sommeil de glace. Tu as sauvé notre race des démons Ianteru. Tu as même réussi à capturer leur grand maître. Grâce à toi, ils ont échoué à voler nos œufs et à dévorer ce monde.

— C'est surtout Témis qu'il faut remercier, dit Lola.

— Ce… demi-humain ? répond la reine en posant sur moi un regard hésitant.

— Témis n'est ni à moitié humain ni à moitié dragon, répond Lola. Il est entièrement humain ET entièrement dragon à la fois.

La reine reste silencieuse et, pendant un instant, je me demande si elle ne va pas se mettre en colère. Son regard se pose finalement sur moi avec douceur.

— Lola a parlé avec sagesse, Témis, pardonne-moi. Nous te reconnaissons comme l'un des nôtres et nous sommes tous très fiers de ce que tu as fait.

Ma mère serre ma main dans la sienne, très fière elle aussi.

— Demande-moi une faveur, et je l'exaucerai, dit la reine.

— Eh bien... dis-je. Mon monde est toujours figé, et...

La reine sourit.

— Ton père est resté là-bas et tu as hâte de le retrouver. Le temps va bientôt de nouveau s'écouler dans ton monde, maintenant que le grand maître des démons a été vaincu. C'est à Lola qu'il faut s'adresser : je crois que Drrrouli peut t'emmener là-bas avant que cela n'arrive.

Lola a enfin retrouvé ses parents, elle aussi, mais elle revient vers moi, un grand sourire aux lèvres.

— Tout ça, c'est grâce à toi, dit-elle. Quand tu voudras passer d'un monde à l'autre, tu n'auras qu'à appeler Drrrouli. La formule pour le faire venir à toi, c'est : « Appelle-moi, ami, et je serai à tes côtés. » Et je te préviens, tu as intérêt à venir me voir souvent !

Ma mère me sourit.

— Nous avons tellement de choses à rattraper, mon Témis. Et j'aimerais tant revoir ton père.

— Ce sera génial, maman ! Mais avant ça, il me reste une toute dernière chose à régler... Drrrouli, tu voudrais bien m'ouvrir un nouveau portail, s'il te plaît ?

— Drrrouliiii ! répond le petit animal.

—> je vais en 201

90

Je prends une grande inspiration et je fais un pas en avant, quittant l'abri de la foule. Tout le monde se tourne vers moi. Alors je lance d'une voix claire :

— Je me livre, libérez-les !

L'officier hoche la tête. Puis il fait signe aux gardes d'ouvrir la porte de la cage. Aussitôt, les enfants orcs se précipitent vers leurs parents dans la foule et le Drrrouli, dès qu'on lui enlève son bandeau, disparaît en faisant un « plop » dans un nuage coloré.

— Tu ne manques pas de courage, mon petit, dit l'officier avec un regard admiratif. Tu aurais fini par te faire capturer de toute façon, mais au moins on peut dire que tu t'es rendu fièrement, la tête haute.

— Vous auriez vraiment tué ces enfants ?

Il hoche la tête d'un air triste.

— C'était mes ordres.

Soudain, une femme orc immense s'approche de nous deux. Elle pose une main sur l'épaule du garde et lui dit d'une voix rauque :

— Laissez-moi remercier ce garçon, officier.

L'homme accepte et la femme orc me prend dans ses bras et me serre contre elle à me couper le souffle.

— Merci, petit dragon. Tu es digne de ton noble peuple.

Je sens soudain qu'elle glisse quelque chose dans ma main.

— Ils vont te jeter au cachot. Au nom du peuple orc et du peuple drrrouli, ceci est pour toi. Avale cette potion et cela t'aidera peut-être à t'échapper.

C'est une toute petite fiole.

— Allez, circulez ! fait l'officier en tirant la femme orc en arrière. Gardes, emparez-vous de ce garçon !

D'un geste discret, je porte la fiole à mes lèvres et en avale le contenu. Aussitôt, une force nouvelle se répand dans mon corps. De la magie ! Je la sens se développer et se renforcer en moi !

Tu as avalé une potion qui accélère le développement de la magie en toi. Coche immédiatement deux cases, selon ta préférence :

- *soit en magie de cœur dans ton Tableau des magies,*
- *soit en magie de combat dans ton Tableau des magies,*
- *soit dans ton Tableau de Drrrouli.*

—> je vais en 150

91

Je prends le cœur en cristal dans mon poing, il disparaît dans un éclair blanc et sa puissante magie m'envahit aussitôt.

Dans ton inventaire, efface : « cœur en cristal ».

Il m'a donné une très forte magie de cœur pour une action, et c'est maintenant que j'en ai besoin !

—> je vais en 45

92

— Tu es en danger, Témis, poursuit le géant. Ta mère est emprisonnée sur l'île des dragons. Tu dois aller au port de Darago et trouver un moyen de te rendre sur cette île.

— Mais je dois rencontrer Maîtresse Ael !

Il secoue la tête.

— Trop tard. Maîtresse Ael est une grande magicienne et elle a longtemps résisté aux démons Ianteru, mais ils ont fini par prendre possession de son esprit. Et c'est elle qui commande à toute la ville. Maintenant, ses soldats vont te rechercher partout pour te capturer.

Il me tend un vêtement gris à capuche pour dissimuler mon visage, puis une bourse où j'entends quelques pièces tinter.

Dans ton inventaire, pour le « Nombre de pièces d'or », inscris : « 3 ».

— Le peuple des orcs a toujours été fidèle aux dragons, ajoute-t-il. C'est un honneur d'avoir pu t'aider.

— Vous êtes un orc ?

—>

— Méfie-toi de tout le monde, ici, poursuit-il sans me répondre. Maîtresse Ael a des espions partout. Va au port ! Va sur l'île des dragons ! Tu es le dernier espoir de ta race, Témis. Ta mère et tous les dragons ont besoin de toi !

Avec une agilité surprenante pour sa taille, il file dans une autre ruelle.

— Et... Et Lola, elle est où ? C'est qui ?

Il ne me répond pas : il a déjà disparu.

Je soupire un bon coup et je secoue la tête. Cet orc m'a-t-il dit la vérité ?

Je me retrouve sans Lola et Drrrouli, tout seul, vraiment tout seul, perdu dans un monde qui n'est pas le mien.

Zut, et dire que Lola était un dragon de ce monde depuis le début ! Comment ai-je pu ne pas m'en douter ?

D'abord elle débarque dans ma classe en disant que c'est une nouvelle, sauf que la prof n'a pas été prévenue. Évidemment, puisque Lola venait d'arriver dans notre monde ! Ensuite, elle s'assoit à côté de moi, comme par hasard. Et enfin, quand le démon fige toute la classe, elle est la seule à ne pas être touchée par le sortilège parce qu'elle est une enfant dragon.

Depuis le début, elle faisait semblant d'être une élève normale et elle se payait ma tête !

Bon, en tout cas, elle m'a protégé quand j'étais en danger. Quel mystère, cette fille ! Peut-être que ma mère en sait plus que moi sur elle ? Je prends la perle noire dans ma main et je l'appelle tout bas :

— Maman ? Tu m'entends ?

Aucune réponse. Elle m'avait bien dit qu'elle ne pourrait pas toujours être là... Le visage dans l'ombre de mon capuchon, je prends une décision.

Je retourne à la grande porte essayer de retrouver Lola, ou un indice pour la retrouver,
—> je vais en 77

Lola m'a dit que c'est elle qui me retrouverait, alors je dois lui faire confiance ; je vais aller au port et nous trouver un bateau pour l'île des dragons,
—> je vais en 146

93

Je me mêle à la foule et je m'approche tranquillement du soldat sans méfiance. Et quand j'arrive à sa hauteur, je ferme les yeux et laisse monter en moi la magie de combat. Mes mains deviennent rouges et la force de la magie monte en moi. D'un seul coup de poing au visage, j'envoie le garde s'étaler au milieu des gens horrifiés.

— Eh là ! fait l'autre garde en essayant de m'attraper.

Mais il réagit trop tard : je ramasse le smartphone et m'enfuis dans la cité.

Dans ton inventaire, inscris : « smartphone de Lola ».

—> je vais en 117

94

Le démon tend la main vers une femme à l'armure d'or, les yeux fermés, assise sur l'un des trônes.

— Ta mère.

Je m'approche en tremblant un peu. Elle est belle, avec ses traits fins, ses cheveux bleus et son armure de guerre.

Sur ses genoux est posé un magnifique cristal en forme de cœur. Peut-être un objet magique en rapport avec la magie de cœur.

Elle porte un tatouage de dragon sur la main droite, comme moi, mais c'est un dragon bleu. Est-ce que je ressemble à ma mère ? Après toutes ces années à me demander qui elle était, je l'ai enfin devant moi et je ne peux même pas lui parler…

— Vous l'avez tuée ! dis-je en montrant les dents.

— Tuée ? répond le démon. Non, les humains meurent sous l'effet du froid, mais pas les dragons. Elle est plongée dans un très profond sommeil depuis des années. Depuis… quelques jours après ta naissance, en fait.

Alors c'est pour ça qu'elle n'est jamais venue me voir. C'est pour ça que mon père vit seul. C'est pour ça que

—>

je n'ai jamais eu de maman ! Ce démon m'a volé mon enfance !

— La guerre entre démons et dragons faisait rage, à cette époque. Elle t'a caché dans le monde de ton père et elle a étouffé par magie tous tes dons de dragon pour que nous ne te trouvions pas. En fait, elle a réussi à complètement nous cacher ton existence. Sa seule erreur a été de dessiner l'endroit où tu vivais pour pouvoir te rejoindre un jour. C'est comme ça que Lola t'a retrouvé, et c'est en suivant Lola que j'ai découvert ton existence.

Alors ma mère m'avait protégé. C'était la dernière chose qu'elle avait faite avant que le sortilège de froid ne la frappe. Elle ne m'avait pas oublié ni abandonné. Non : elle m'avait protégé...

— Libérez-la ou je vous massacre ! dis-je avec une telle rage dans la voix que le démon ne peut réprimer un réflexe de recul.

Mais il se reprend aussitôt :

— D'accord, Témis. Je vais la libérer.

J'ouvre de grands yeux stupéfaits.

— Sérieux ?

— Moi seul peux rompre le charme qui maintient ta mère dans une bulle de glace. Tu pourras enfin vivre avec elle. Je ne te demande qu'une seule petite chose en échange.

Ouais, c'était trop beau pour être vrai. Ça sent l'arnaque.

— Et c'est quoi, cette « petite chose » ?

Le démon me fait signe de le suivre au centre de la salle. Sur le sol de pierre noire est gravé un pentacle couvert de runes étranges. Et au milieu se trouvent des

dizaines d'œufs énormes, rouges, bleus, verts, noirs. De temps en temps, l'un d'eux émet une lueur colorée.

— Ta mère était la plus grande magicienne du peuple dragon. C'est elle qui a tracé ce pentacle de protection et elle seule peut le franchir. Elle seule... ainsi que son fils ! Son sang coule dans tes veines et, maintenant, tu as suffisamment développé ta magie pour que le pentacle t'accepte comme son maître. Rapporte-moi ces œufs et je libère ta mère...

Je prends une grande inspiration et une larme coule sur ma joue.

— Ce sont des œufs de dragon, pas vrai ? Et vous allez en faire quoi ? Les détruire ? Voler leur magie ?

Le démon a un petit sifflement agacé.

— Ce n'est pas ton affaire. Et si tu ne m'obéis pas, ta mère restera gelée pour l'éternité.

Je lui donne les œufs, c'est le seul moyen de sauver ma mère,
—> je vais en 57

Pas question de lui donner les œufs, je l'affronte même si pour ça, je dois laisser ma mère à tout jamais figée dans la glace,
—> je vais en 38

95

Les harpies m'ont bien eu la dernière fois, mais je n'ai pas dit mon dernier mot. Bon, déjà, je récupère de nouveau toutes mes affaires dans le placard dissimulé dans l'ombre.

Tu retrouves tous les objets de ton inventaire, si tu en avais : efface les parenthèses qui entourent ces objets.

J'ouvre la trappe pour prendre ma revanche sur les harpies.

—> je vais en 199

96

— Tu es habillé bizarrement, petit, dit-il. Tu es un étranger, hein ?

— Ouais, on peut dire ça.

— Je suis Tonton Bonnes Affaires, tout le monde me connaît ici. S'il y a quelque chose d'intéressant à acheter dans cette ville, c'est moi qui le vends. Et toujours à prix cassé.

Il écarte les pans de sa cape : plusieurs poches ont été cousues à l'intérieur et il y a enfilé ses marchandises.

— Ça, dit-il en désignant une petite épée couverte de fines runes argentées, c'est une épée magique, elle te donnera la magie de combat des dragons pour un combat.

La magie de combat des dragons ? Et si je l'ai déjà, ça fait quoi ? Peut-être que cette épée renforce encore le pouvoir.

— Et ça, dit-il en montrant un cristal en forme de cœur, c'est un objet très rare qui te donnera la magie de cœur des dragons pour une action.

Ouais, je vois. Intéressant, aussi.

— Chacun d'eux coûte 6 pièces d'or.

Il me fait un sourire où il manque plusieurs dents.

— Sinon, bien sûr, j'ai aussi de la marchandise plus banale : un poignard pour te défendre, un bon manteau au cas où tu devrais aller dans un endroit très froid, et une racine de Sacras – plutôt utile pour guérir les blessures. Chacun coûte 2 pièces d'or. Mais si tu n'as pas assez d'argent, je peux aussi te racheter quelque chose.

Tu peux vendre un de ces objets à Tonton Bonnes Affaires pour 1 pièce d'or si tu le souhaites :

- *une plume de Drrrouli*
- *une racine de Sacras*
- *un poignard*
- *un chouchou rose*

Dans ce cas, efface-le (ou les) de ton inventaire.

Et ajoute autant de pièces d'or que tu en as gagné.

Tu peux acheter :

- *l'épée magique pour 6 pièces d'or*
- *le cœur en cristal pour 6 pièces d'or*
- *un poignard pour 2 pièces d'or*
- *un manteau pour 2 pièces d'or*
- *une racine de Sacras pour 2 pièces d'or*

Si tu achètes un ou plusieurs de ces objets, inscris-le (ou les) sur ton inventaire.

Retire aussi ce que tu as dépensé du nombre de tes pièces d'or.

⟶

Ces prix-là, c'est du vol ! Ce type me prend pour un idiot et il essaye de m'arnaquer. Pas moyen que j'achète quoi que ce soit. Je vais marchander,

—> je vais en 106

Plus longtemps je reste avec ce type, plus j'ai de chance de me faire arrêter par la garde, il est temps que je trouve un bateau pour aller sur l'île des dragons,

—> je vais en 135

97

Je pousse un cri de joie :

— Lola ! Alors, tu as réussi à t'échapper ? Tu ne peux pas savoir comme je suis content de te revoir ! On se le massacre à deux ?

Il y a quelque chose de bizarrement flou dans son regard de dragon, comme si elle évitait de me regarder dans les yeux.

— Attention Témis... fait-elle d'une voix crispée. Je vais te frapper !

— Hein ? Qu'est-ce que tu dis ?

Elle bondit sur moi et, d'un coup de queue d'une force incroyable, me fauche les jambes. Je suis projeté au sol dix mètres plus loin.

— Moi aussi... je suis contente de te revoir... commence-t-elle, mais...

— Tu es folle ? dis-je en me relevant. Pourquoi tu as fait ça ?

Heureusement que mes os ne sont pas humains, sinon, ils seraient en mille morceaux.

— Je suis désolée, répond Lola, qui semble lutter contre quelque chose à l'intérieur d'elle-même. Quand

⟶

les démons m'ont capturée, leur chef a pris le contrôle de mon corps par la magie.

— Tais-toi ! hurle le démon. Je t'ordonne de te taire et de m'obéir !

Il s'avance, comme s'il voulait m'attaquer lui-même, mais il s'arrête finalement, hésitant. Alors je comprends une chose : je lui fais peur, maintenant. Dans la salle de classe du collège, il avait l'avantage, mais la magie a grandi en moi au cours de mes aventures. C'est pour ça qu'il envoie Lola se battre à sa place.

— Les démons ne peuvent pas contrôler les dragons, poursuit Lola. Mais comme je ne suis pas encore adulte, il a à moitié réussi : je suis toujours capable de penser et de parler, mais mon corps, c'est lui qui le commande. Il veut que je te mette hors de combat pour te traîner à l'intérieur du pentacle. Il n'y a que toi qui puisses le franchir et quand tu l'auras fait, la magie de protection disparaîtra. Alors il volera les œufs.

Le corps de Lola ondule, ses griffes crissent sur le sol comme pour s'accrocher à quelque chose : elle fait des efforts immenses pour s'empêcher de me frapper une nouvelle fois, mais je sens bien qu'elle ne pourra pas se retenir bien longtemps.

— Témis, je suis beaucoup plus forte que toi, alors il va falloir que tu écoutes bien ce que je vais te dire. Baisse-toi tout de suite, ma prochaine attaque va tellement te secouer que tu ne seras plus capable de te défendre.

Je ne réfléchis pas : je lui obéis.

Aussitôt, un jet de feu passe juste au-dessus de ma tête, carbonisant une partie de mes cheveux rouges.

— Tu peux cracher du feu ?? Tu as failli me rôtir !

— Je suis désolée pour tout, Témis, dit Lola en tournant autour de moi, luttant toujours contre l'emprise du démon. Mes parents étaient gelés, comme ta mère. Mais ils m'avaient confiée à Drrrouli et grâce à son pouvoir de créer des portails, j'ai pu échapper aux démons. Des amis humains m'ont élevée et protégée. Un jour, j'ai trouvé une image de ta rue que ta mère avait dessinée. Alors j'ai décidé de venir te voir dans ton monde. Je croyais que j'étais la dernière des dragons, j'étais tellement contente de savoir qu'il y en avait un autre !

— Et là, tu as volé un smartphone à une fille ? Et aussi cet horrible tee-shirt rose à paillettes ?

— Pardon pour la fille, je l'ai juste un peu assommée. En tout cas, je crois que c'est à cause de moi que le démon t'a retrouvé là-bas : il devait me surveiller. Je pensais qu'on pourrait lui échapper, tous les deux. On aurait trouvé un endroit où se cacher, je t'aurais tout expliqué, tu aurais eu le temps de développer tes pouvoirs et on aurait été deux contre les démons. C'était ça, mon plan. Attention, je vais te frapper au ventre.

J'évite de justesse un coup de patte qui aurait coupé un homme en deux.

— Tu ne peux pas me vaincre sous ta forme humaine, dit-elle, tu dois te transformer en dragon.

Le démon éclate de rire dans notre dos.

— Témis ne réussira jamais à se transformer, petite idiote. Il n'est qu'à moitié dragon.

— Ne l'écoute pas, me souffle Lola, je suis sûre que tu en as la force. Tu as ça en toi depuis ta naissance. Utilise ta magie de combat pour te transformer.

— Mais je n'ai pas envie de te faire du mal !

—>

— Tu dois me tuer, Témis. C'est le seul moyen. Ensuite tu vaincras le grand maître des démons et tu libéreras tous les dragons. Tue-moi !

Je me sens vraiment fort en magie de combat et je m'en sers,
—> je vais en 159

Je me sens vraiment fort en magie de cœur et je m'en sers,
—> je vais en 23

J'essaye les deux magies à la fois,
—> je vais en 188

J'appelle Drrrouli,
—> je vais en 186

98

J'ai une nouvelle idée tout à coup !

—> je vais en 51

99

— Vas-y, toi, dis-je à Lola. Parle-lui, je te fais confiance.

Lola me regarde d'un air ravi.

— Waoh ! dit-elle d'un air étonné. Personne ne me fait jamais confiance, d'habitude ! Les gens disent toujours que je suis fofolle ou tête en l'air et ils ne m'écoutent pas. Merci Témis !

Tu as fait le choix de ne pas te fier aux apparences et de faire confiance à Lola. Cela révèle de ta part une capacité d'écouter les autres et de voir leurs qualités.
Dans ton Tableau des magies, coche une case en magie de cœur.

Lola pointe du doigt une paire de chaussures de marche, elle parle, demande le prix, s'aide des gestes. La dame hoche la tête, désigne les chouchous roses à paillettes dans les cheveux de Lola et, malgré la barrière de la langue, ces deux-là semblent vite se mettre d'accord sur un échange.

— Trop bien, ces chaussures, pile ma taille, fait Lola.

Je la regarde, admiratif.

— Tu t'es super bien débrouillée. Un moment, j'ai presque cru que tu comprenais sa langue !

Je demande à la dame au chapeau si elle sait où je pourrais trouver Maîtresse Ael,

—> je vais en 53

Si je n'ai pas déjà vu les bûcherons près du bois, je vais plutôt aller leur parler,

—> je vais en 46

100

Bravo, tu as passé une étape importante de ton aventure ! Tu as réussi à franchir la rivière et à arriver aux portes de la cité !

Devant la grande porte s'affaire une petite foule de marchands et de passants. On se mêle à ces gens et on s'approche des quatre soldats qui la gardent. Ceux-là n'ont pas le même uniforme que ceux du pont : il est rouge et non bleu à rayures. On a peut-être franchi une frontière ?

— Apparemment, ils n'arrêtent personne, dis-je à Lola. On passera sans problème.

Bizarrement, je sens Lola tendue, presque anxieuse. Ça ne lui ressemble pas.

— Sûrement, répond-elle finalement.

— Drrrrouliii, fait Drrrouli.

Il a l'air un peu inquiet, lui aussi, mais bon, c'est juste une bestiole après tout.

Je prends un air décontracté et on s'avance à notre tour devant les gardes. Aussitôt, ils se mettent à crier :

— Borack ! Borack !

—>

Dans la foule, plusieurs hommes et femmes déguisés en civils tirent des épées et révèlent, sous leurs capes, des uniformes de soldats !

En un clin d'œil, on se retrouve entourés de huit combattants armés. Leur chef s'avance et il me dit dans ma langue avec un accent bizarre :

— Rends-toi, Témis.

Il connaît mon nom !

Drrrouli pousse un cri de frayeur et disparaît dans un nuage de poussière. Évidemment, il sait se téléporter, lui… Génial, merci du coup de main, Drrrouli. Tu aurais au moins pu nous laisser un portail pour qu'on te suive, au lieu de paniquer !

Je me retourne vers Lola pour voir ce qu'elle fait mais un éclair aveuglant m'oblige à fermer les yeux. Et quand je les rouvre…

Lola s'est métamorphosée !

Ce n'est plus une ado en tee-shirt fluo. C'est une créature magique d'une beauté à couper le souffle. Deux ailes d'ange, un long corps recouvert d'écailles noires, une tête animale allongée aux yeux brûlant de fureur… D'un seul coup de sa queue, elle envoie l'un des soldats s'écraser contre le mur où il s'effondre, assommé sur le coup.

Lola est un dragon ! Alors pendant tout ce temps, elle m'avait menti ?

C'est un petit dragon, cependant – à peu près de la taille d'un cheval. Il est facile de voir que son corps n'a pas atteint sa taille adulte et que ses ailes sont encore trop petites pour voler.

J'ai une magie de combat et je décide de m'en servir, ils vont regretter d'être venus au monde !

—> je vais en 142

Mieux vaut éviter un combat qui risque de blesser tout le monde, je fonce dans la ville en criant à Lola de me suivre.

—> je vais en 187

Si j'ai une plume de Drrrouli, je peux essayer de l'utiliser maintenant. Ça pourrait peut-être m'aider ?

—> je vais en 151

101

Impossible d'utiliser la magie de cœur, je ne l'ai pas suffisamment développée...

J'essaye de me surpasser en magie de combat,
—> je vais en 159

Si je n'ai pas déjà essayé, je peux tenter de me servir des deux magies à la fois ?
—> je vais en 188

J'ai déjà essayé d'utiliser les deux magies à la fois, mais ça n'a pas marché,
—> je vais en 120

102

J'ai l'impression qu'il y a encore quelque chose au fond de la bourse que m'a donné l'orc. Je la retourne complètement et y trouve une pièce d'or supplémentaire qui s'était prise dans la doublure.

Génial, j'adore la magie d'intuition !

Ajoute 1 au nombre de tes pièces d'or.

Bon. Mais cela ne me dit pas ce que je dois faire maintenant.

Je retourne à la grande porte essayer de retrouver Lola,
—> je vais en 77

Lola m'a dit que c'est elle qui me retrouverait, alors je devrais plutôt aller au port et nous trouver un bateau pour aller sur l'île des dragons,
—> je vais en 146

103

Le battant s'ouvre en grinçant un peu. Oulah ! Ça pue, ici ! Il y a un rat crevé dans un coin ou quoi ? Après trois pas, je bute contre quelque chose : une botte.

Aaaaaah ! Je fais un bond en arrière : c'est un cadavre !

J'ai eu la trouille de ma vie.

Il est là depuis si longtemps que c'est presque un squelette. Il porte encore une cotte de mailles toute rouillée et un casque à la sangle pourrie par le temps. Sûrement un ancien guerrier, un pauvre type qu'on a dû oublier là et qui est mort de faim et de soif.

Mal à l'aise, je m'éloigne de lui et inspecte la pièce : c'est tout petit et il n'y a rien d'intéressant. Je m'apprête à faire demi-tour quand l'écran du smartphone s'éteint de nouveau.

Pas pratique, ce truc.

Je le rallume et…

… le squelette se tient debout devant moi, mains en avant comme pour m'attraper. Une lueur bleutée brûle au fond de ses orbites vides !

Soudain, des bribes d'images me viennent en tête comme des flashs. Je crois que ce sont des fragments de la vie de cet homme que je vois, c'est sûrement de la magie !

Je vois un sorcier lui lancer une malédiction qui l'empêche de mourir. Puis des combats. Des blessures, une fois, dix fois, cent fois. Mais jamais la mort. Puis ce cachot. Et des dizaines d'années passées à espérer trouver un adversaire. Quelqu'un qui serait capable de briser la malédiction et de le tuer enfin.

Quelle horrible vie. Cet homme ne demande qu'à mourir et il ne le peut pas.

Il saute sur moi et, avec une force incroyable, commence à m'étrangler.

Mais je me souviens des cours de self-défense avec mon père : je le fais passer par-dessus mon épaule et je le jette au sol. Un squelette, c'est léger comme tout. Les os de ses pieds se brisent en cognant le sol.

Tu as réussi à entrer en contact avec l'esprit de cet homme, puis tu t'es vaillamment défendu.
Regarde ton Tableau des magies : dans laquelle as-tu coché le plus de cases ? Magie de cœur ou magie de combat ?
Coche une case supplémentaire dans la magie où tu es déjà le plus fort.
Si tu as coché autant de cases dans les deux magies, alors coches-en une dans celle de ton choix.

Le squelette, vif comme l'éclair, s'agrippe de nouveau à moi et sort un poignard.

—>

Je sens une douleur fulgurante au ventre quand la lame s'enfonce dans mon estomac…

—> je vais en 123

104

Je ferme les yeux et je laisse la magie de combat envahir peu à peu mon corps. Mes mains se mettent à rougir et d'un seul coup, je frappe dans le mur à ma gauche. Mon poing s'enfonce dans la pierre en projetant de petits éclats tout autour de nous. Je ne ressens pas la moindre douleur.

— Ce n'est pas bien d'essayer d'arnaquer les étrangers, Tonton Bonnes Affaires. Je suis sûr que tu peux me vendre ta marchandise bien moins cher.

Il devient pâle comme un linge, puis il dit en tremblant :

— Pardon, seigneur, je... je ne savais pas que vous étiez un enfant dragon. Il faut me comprendre, les temps sont durs ! Je vous laisse l'épée pour 3 pièces d'or et le cœur en cristal pour 2. Et seulement 1 pièce d'or pour les autres articles. Mais si tu n'as pas assez d'argent, je peux aussi te racheter quelque chose.

Tu peux vendre un de ces objets à Tonton Bonnes Affaires pour 1 pièce d'or si tu le souhaites :

- *une plume de Drrrouli*
- *une racine de Sacras*

—>

• un poignard

• un chouchou rose

Dans ce cas, efface-le (ou les) de ton inventaire.

Et ajoute autant de pièces d'or que tu en as gagné.

Tu peux acheter :

• l'épée magique pour 3 pièces d'or

• le cœur en cristal pour 2 pièces d'or

• un poignard pour 1 pièce d'or

• un manteau pour 1 pièce d'or

• une racine de Sacras pour 1 pièce d'or

Si tu achètes un ou plusieurs de ces objets, inscris-le (ou les) sur ton inventaire.

Retire aussi ce que tu as dépensé du nombre de tes pièces d'or.

Il me fait un signe de la main et disparaît dans la foule.

Bon, il est temps que je trouve un moyen d'aller sur l'île des dragons.

—> je vais en 135

105

— Maintenant, joue-nous de la musique ! crient les harpies autour de moi.

Ce n'est pas le moment de les décevoir. Je tape sur la trappe en guise de batterie et je me mets à chanter à tue-tête un tube à la mode que j'ai entendu sur TikTok.

Les harpies s'arrêtent net en entendant le rythme sur le bois. Et puis elles se mettent à hocher la tête en rythme. Elles adorent !

Dans ce monde, la musique n'est pas la même, j'ai dû les surprendre !

Quand le morceau est terminé, une énorme harpie, au moins trois fois plus grosse que les autres, se met à tourner autour de toi.

— Tu nous as donné de la belle musique, petit homme dragon. Demande-moi une faveur et je te l'accorderai.

Je prends une grande inspiration et je dis sans hésiter :

— Je veux aller sur l'île des dragons.

La harpie géante pousse un soupir et répond finalement :

— C'est d'accord, monte sur mon dos.

—>

Essayant de ne pas montrer que j'ai la trouille, je saute sur le dos de la femme oiseau et elle prend rapidement son envol. Bientôt, on survole la ville de Darago, on passe au-dessus de la mer et, au bout d'un long moment, on arrive en vue d'une petite île étrangement couverte de neige. Plus on s'approche, plus le froid devient intense.

C'est là que la femme oiseau me dépose. Puis elle repart aussitôt en criant :

— Bonne chance, petit homme dragon !

—> je vais en 200

106

Quelle est la meilleure manière de convaincre ce type ?

J'ai une magie de cœur et je l'utilise pour le convaincre de baisser les prix,
—> je vais en 14

J'ai une magie de combat et je l'utilise pour le forcer à baisser ses prix,
—> je vais en 104

107

Je lui demande où je peux trouver Maîtresse Ael, mais la dame ne parle pas ma langue et elle pointe du doigt sa marchandise. Je voudrais bien lui acheter quelque chose, mais avec quel argent ? Je sors de ma poche un billet de 5 €. Elle me regarde sans comprendre. Évidemment, ils ne connaissent pas notre monnaie à Daragonia !

J'ai une plume de Drrrouli et je veux la vendre,
—> je vais en 64

J'ai une racine de Sacras et je veux la vendre,
—> je vais en 43

Si je n'ai rien de tout ça ou que je ne veux pas m'en séparer, je peux toujours vendre Drrrouli,
—> je vais en 47

Sauf si je suis déjà allé les voir, je peux parler aux bûcherons un peu plus loin,
—> je vais en 46

Sauf si je suis déjà monté sur le pont gardé par les soldats, je peux tenter ma chance là-bas,
—> je vais en 131

108

Je me mets sous un porche pour essayer d'allumer le smartphone, mais évidemment, il me demande un code. Dommage... Mais peut-être que je le trouverai plus tard ?

— Eh, pssst ! fait une voix à ma gauche.

C'est un homme dans une ruelle sombre, qui porte une capuche.

— Des marchandises pas chères, ça t'intéresse ? Objets magiques de premier choix, armes, soins, équipement, j'ai tout ce que tu veux. Et aujourd'hui, c'est à moitié prix.

Intéressant, je peux toujours aller voir ce qu'il a,
—> je vais en 96

Il est trop louche, si ça se trouve, il y a toute une bande de voleurs dans la ruelle qui vont me dépouiller, mieux vaut ne pas rester ici,
—> je vais en 135

109

Je leur montre la racine qui sent la pisse de chat. Les deux soldats ont l'air très contents. Ils la prennent et me font signe de passer.

Dans ton inventaire, efface : « racine de Sacras ».

— Cette racine vaut peut-être de l'argent, ici ? fait Lola.

— Drrrouli, répond Drrrouli, la queue dressée.

— Peut-être, dis-je. En tout cas, on est passés !

—> je vais en 100

110

Je me retourne et je m'avance vers le fond de la classe, mais sans faire exprès, je heurte la tête de Lola avec mon coude.

— Hééé ! crie-t-elle. Attention à ma coiffure, j'ai passé une heure à me brosser les cheveux, ce matin !

Je la regarde avec des yeux comme des billes.

— Lola ? Tu n'es pas figée, toi ? Tu bouges ?

—> je vais en 31

111

Je me souviens d'un détail, tout à coup ! Sur les genoux de ma mère, il y avait un cristal en forme de cœur. C'est sûrement un objet magique qui permet d'augmenter la magie de cœur !

Je me précipite jusqu'à elle et m'empare du cœur en cristal.

Dans ton inventaire, inscris : « cœur en cristal ».

—> je vais en 193

112

La marchande pointe du doigt le second chouchou rose de Lola, que je tiens encore entre mes mains. Je crois qu'elle serait prête à nous vendre autre chose en échange. Mais je secoue la tête : celui-là pourrait me servir plus tard. Et puis... C'est peut-être idiot, mais c'est le cadeau d'une amie, alors je n'ai pas envie de m'en séparer, sauf si je n'ai pas le choix.

Je demande à la marchande :

— Vous connaissez Maîtresse Ael ? Vous savez où elle est ?

— Maîtresse Ael, répète la dame en hochant la tête.

Ravie d'avoir fait affaire avec moi, la dame nous montre la cité du doigt et nous invite à la suivre jusqu'aux deux bûcherons près du bois.

En les regardant mieux, je m'aperçois que ces bûcherons ont non seulement la peau verte, mais que ce sont carrément des géants. Ils ont deux dents qui poussent à l'extérieur de la bouche comme des sangliers, mais ils ne semblent pas méchants.

La marchande s'adresse à eux et, visiblement, ces trois-là sont amis. Les deux bûcherons se tournent vers

—>

nous et nous invitent à les suivre jusqu'à une barque tirée sur la berge.

—> je vais en 160

113

Je me mets en position de combat et, tout de suite, mon esprit calcule les mille coups et mouvements possibles. Mes poings deviennent rouges et lumineux, une force incroyable coule dans mes veines. Approchez, les gars, je vous attends !

Ils n'ont pas l'air de vouloir me tuer, mais plutôt de me capturer vivant. Bonne chose, ça. L'un d'eux essaye de m'attraper le bras, je lui envoie un direct à la mâchoire. Ça lui fracasse une dent et l'envoie voler jusqu'à trois mètres.

Je ne ressens même pas de douleur dans mon poing malgré le choc.

J'adore la magie !

– Y en a d'autres qui veulent une raclée ?

Face à Lola et moi, les soldats changent de tactique : ils nous tiennent à distance de la pointe de leurs épées et ils semblent attendre quelque chose. Et soudain, l'air vibre d'un vrombissement d'insecte tellement fort qu'on dirait que des frelons géants foncent sur nous...

Sauf que ce ne sont pas des frelons.

—>

Ils sont six. Ils se tiennent sur des pattes d'insectes. Leur tête noire est couverte de centaines de petits yeux brillants.

Comme la créature du collège !

— Les démons Ianteru, murmure Lola-la-dragonne. Ils vont entrer dans la tête des humains.

Elle a raison : non seulement les soldats, mais tous les gens de la foule se tournent vers nous, mains tendues, comme possédés par un esprit maléfique.

Lola me crie aussitôt :

— Fonce ! Je te retrouverai plus tard !

Pas question de laisser Lola toute seule contre ces démons, je reste l'aider,

—> je vais en 26

Lola en sait visiblement beaucoup plus que moi, mieux vaut suivre son plan à elle,

—> je vais en 138

114

Les deux bûcherons courent après nous pendant un moment puis abandonnent la poursuite. Lola s'arrête au bout de cinq minutes, complètement essoufflée.

— Pas... Pas très cool, les gens, ici...

— Oui. Si à chaque fois qu'on parle à quelqu'un, il essaye de nous trancher en deux, ça ne va pas être facile de retrouver ma mère.

— Drrrouli, approuve Drrrouli.

Tiens, une marchande ambulante s'est arrêtée sur le chemin à côté de nous, avec une charrette tirée par un âne. Waoh, son chapeau est vraiment bizarre.

Bon, puisque les bûcherons sont des fous furieux, je vais plutôt...

... aller parler à cette femme en espérant qu'elle ne me saute pas dessus,

—> je vais en 67

... aller au pont gardé par deux soldats, qui mène à la ville,

—> je vais en 131

115

Le temps se fige de nouveau. La lance du soldat s'arrête à un centimètre de mon cou. Plus personne ne bouge.

« Attaquer les soldats du roi ? » résonne la voix de la femme dragon dans ma tête. « Tu croyais vraiment que c'était une bonne idée ? Témis, je t'ai déjà expliqué que je ne pourrai pas te sauver la vie à chaque fois. »

Le temps revient alors en arrière, d'abord lentement, puis de plus en plus vite.

Et soudain, je me retrouve au moment où on a sauté tous les trois du portail jusque dans la rivière.

Tu as remonté le temps jusqu'à ton arrivée à Daragonia. Conserve tous les objets présents dans ton inventaire et toutes les cases cochées dans tes tableaux.

—> je vais en 69

116

Je soupire un grand coup et je fais le vide dans mon esprit. Puis je tends les mains vers moi : elles deviennent rouges, presque lumineuses. Il se passe alors quelque chose de très bizarre. Ces deux bûcherons, je peux ressentir leurs émotions : ils sont en colère, ils pensent que j'ai insulté une chose sacrée pour eux. Et soudain, leurs mots deviennent compréhensibles pour moi !

— Faux dragon ! disent-ils. Tu portes la marque des dragons sur la main mais tu n'en es pas un, sinon tu parlerais notre langue ! Sacrilège ! Tu insultes ce qu'il y a de plus sacré !

Je leur réponds avec douceur :

— Vous vous trompez. Je ne suis pas de ce monde. Je ne veux insulter personne.

Les mots dans ma bouche sifflent et tombent, et ce sont des mots d'une autre langue. Comment je peux la parler ? Je n'en ai aucune idée ! La magie, sans doute ?

Tu as fait le choix de faire confiance aux bûcherons en leur parlant et en t'expliquant plutôt qu'en les affrontant, ce qui révèle de ta part un caractère ouvert aux autres.

Dans ton Tableau des magies, coche une case en magie de cœur.

—>

Les deux hommes se taisent aussitôt, stupéfaits. Ils jettent leurs haches à terre et s'inclinent devant moi.

— Tu es bien un dragon, tu parles leur langue ! Pardonne-nous !

Lola me chuchote à l'oreille :

— Tu es doué pour les langues, toi.

L'un d'eux me tend un bizarre bout de racine toute tordue.

— Prends, jeune dragon ! C'est une racine de Sacras. Cela te portera bonheur.

Je mets ce truc dans ma poche d'un air méfiant. Ça sent la pisse de chat.

Dans ton inventaire, inscris : « racine de Sacras ».

Je me tourne vers les bûcherons.

— Je cherche Maîtresse Ael. Savez-vous où je peux la trouver ?

— Maîtresse Ael, répète l'un des deux hommes.

Ils me font signe de les suivre jusqu'à une barque tirée sur la berge.

Bon, apparemment, Maîtresse Ael est dans la cité, de l'autre côté de la rivière.

Je les suis dans la barque,
—> je vais en 160

Je fais demi-tour,
—> je vais en 170

117

Je me rends dans une ruelle peu fréquentée pour essayer d'allumer le smartphone, mais évidemment, il y a un code. Dommage... Peut-être que je le découvrirai plus tard ?

Il ne me reste plus qu'à trouver un bateau pour aller sur l'île des dragons. J'espère que ce n'est pas trop loin, parce que j'ai le mal de mer, moi.

En cherchant le port, je me perds de nouveau dans la ville et, au bout d'un moment, je tombe sur un marché où toutes sortes de commerçants proposent leurs marchandises. Avec un peu de chance, il y aura peut-être des choses intéressantes ?

Je regarde les étals : il y a surtout des fruits et des légumes. Mais je remarque aussi un marchand bizarre, avec des oreilles pointues et un drôle de chapeau vert à la Robin des bois, où sont perchés des moineaux. Ce qu'il vend a l'air intéressant.

—>

Je m'adresse directement à ce vendeur aux moineaux,

—> je vais en **52**

Je jette juste un coup d'œil sur sa marchandise en évitant de lui parler,

—> je vais en **145**

L'orc m'a dit de se méfier de tout le monde, alors mieux vaut éviter les ennuis et continuer à chercher le port,

—> je vais en **148**

118

Je n'entends aucun bruit dans la ruelle : ce type est seul, donc ça m'étonnerait qu'il veuille m'attaquer.

Je peux voir ce qu'il a à vendre,
—> je vais en 96
Je n'ai pas le temps pour ça, il faut que je trouve un bateau pour aller à l'île des dragons,
—> je vais en 135

119

Je sens une douleur fulgurante au cou quand les crochets du serpent s'enfoncent dans ma peau... puis la souffrance disparaît soudain. Le temps se fige et recule tout doucement. Ouf ! Merci maman ! Heureusement que je n'avais pas perdu ta perle noire !

« Sois plus prudent, mon fils », fait la voix de ma mère. « C'est épuisant pour moi de te sauver à chaque fois... » Le temps, une fois de plus, revient peu à peu en arrière jusqu'au moment où les gardes me traînent dans les rues avec un sac sur la tête.

— Maman, remonte encore un tout petit peu, s'il te plaît ! Juste avant que je sois arrêté !

Maman ne me répond pas.

Tu reviens en arrière dans le temps. Tu conserves toutes les cases que tu as cochées au cours de tes aventures.

J'essaye de forcer la grille,
—> je vais en 86

Sauf si je l'ai déjà fait, je fais le tour de mon cachot,
—> je vais en 71

120

Lola sous forme de dragon n'arrive plus à lutter contre l'emprise mentale du démon : un jet de flammes noires sort de sa bouche. J'essaye de m'écarter mais je suis touché au bras et je m'écroule.

— Témis ! crie Lola. Qu'est-ce que tu attends pour te transformer ?

Avec ses pattes de dragon, elle me prend et me traîne jusqu'au pentacle.

— Je suis désolée, dit-elle, il contrôle tout ce que je fais !

— Bien ! Bien ! fait le démon, impatient. Quand tu auras franchi ce pentacle, Témis, la magie de protection disparaîtra entièrement et je pourrai enfin voler tous les œufs de dragon !

— Défends-toi, empêche-moi de faire ça ! me supplie Lola.

Elle est beaucoup trop forte et mon bras brûlé me fait atrocement souffrir. Cette fois, je ne peux pas compter sur ma prétendue maman pour me tirer d'affaire...

Mais soudain, la poigne de Lola se relâche. Elle me souffle discrètement, la voix crispée par un terrible effort de volonté :

—>

— Je vais résister pendant une seconde et te laisser m'échapper. Saute sur lui, prends-lui une perle de temps, efface ce qui vient de se passer et reviens en arrière !

Une perle de temps ? Qu'est-ce que c'est que ça ? Dans un dernier sursaut d'énergie, j'échappe à la prise de Lola et je bondis sur le démon stupéfait. On tombe par terre tous les deux, il pousse un cri en s'écrasant au sol. De petites perles remplies d'un liquide blanc s'échappent de ses pinces et roulent sur les dalles de pierre.

— Mes perles ! crie-t-il. Mes perles de temps !

Alors c'était ça, son secret ! C'était comme ça qu'il pouvait arrêter le temps et le faire revenir en arrière !

On essaye tous les deux d'en attraper une, mais c'est moi le plus rapide. Je la brise entre mes doigts et soudain, le temps s'arrête. Puis il revient en arrière, d'abord lentement et ensuite, de plus en plus vite. Mais cette fois, c'est à moi de décider à quel moment je veux revenir.

Au tout début,
—> je vais en 1

Au moment où je suis arrivé dans le monde de Daragonia,
—> je vais en 50

Au moment où je suis arrivé aux portes de la ville,
—> je vais en 100

Au moment où je suis arrivé sur l'île des dragons,
—> je vais en 200

Au moment où Lola m'a demandé de la tuer,
—> je vais en 97

Dans tous les cas, garde toutes les cases de magie que tu as cochées au cours de ton aventure, ainsi que tous les objets que tu as sur toi. Si tu vas en 1, 50, 100 ou 200, tu retrouves aussi l'objet : « perle noire ». Inscris-le sur ton inventaire.

121

Je m'approche à pas de loup de la porte en bois. De la lumière filtre par les interstices. La liberté ! Peut-être qu'en donnant un bon coup dessus, je pourrai l'enfoncer ?

Il y a du bruit de l'autre côté. Des voix d'hommes et aussi une voix de femme qui donne des ordres. Maîtresse Ael, peut-être ? Et soudain, j'entends d'horribles crissements d'insectes.

Des démons Ianteru ! Si j'ouvre cette porte, je suis mort ! Mon petit doigt me dit que c'est pour moi qu'ils sont là : il faut que je sorte des cachots au plus vite !

Si j'ai déjà communiqué avec le rat du cachot,
—> je vais en 179

Si j'ai déjà abîmé le sol du cachot en arrachant la grille,
—> je vais en 84

122

« Drrrrrrouli ! » crie soudain Drrrouli.

Les deux bûcherons s'arrêtent aussitôt, stupéfaits. Ils regardent le petit animal, comme s'ils comprenaient ce qu'il venait de dire. Puis ils déposent leurs haches au sol et se mettent à genoux devant moi, les mains jointes comme pour demander pardon.

Complètement fous, ces deux-là !

Ils ont vraiment l'air désespéré, l'un d'eux se met même à se frapper la tête contre une pierre.

— Le pauvre, dit Lola, il va se faire mal !

J'essaye de calmer le bûcheron,
—> je vais en 73

C'est peut-être un piège pour que je m'approche sans méfiance, mieux vaut s'en aller,
—> je vais en 132

123

Soudain, le temps se fige puis recule tout doucement. Ouf ! Merci maman ! Heureusement que je n'avais pas perdu ta perle noire !

« Sois plus prudent, mon fils », fait la voix de ma mère. « C'est épuisant pour moi de te sauver à chaque fois… » Le temps, une fois de plus, revient peu à peu en arrière jusqu'au moment où les gardes me traînent dans les rues avec un sac sur la tête.

— Maman ! dis-je dans ma tête. Remonte encore un tout petit peu, s'il te plaît ! Juste avant que je sois arrêté !

Maman ne me répond pas.

Tu reviens en arrière dans le temps. Tu conserves toutes les cases que tu as cochées au cours de tes aventures.

J'essaye de forcer la grille,
—> je vais en 86

Sauf si je l'ai déjà fait, j'inspecte la voûte,
—> je vais en 144

124

Le temps s'arrête soudain. La pointe du monstre se fige à un centimètre de mon front. Lola et Drrrouli ne bougent plus d'un poil, eux non plus.

« Je t'avais bien dit de ne pas l'attaquer », fait la voix de la femme dragon dans ma tête. « Tu es têtu comme ton père ! Heureusement que je peux voir tout ce que tu fais tant que tu as la perle noire avec toi. »

Ma mère a arrêté le temps.

—> je vais en 134

125

Je fauche les jambes du premier soldat d'un balayage réussi à la perfection et je balance un crochet du gauche à l'autre. En un clin d'œil, ils se retrouvent tous les deux dans la rivière et me hurlent des trucs qui ne doivent pas être très gentils.

Drrrouli, Lola et moi, on en profite pour franchir le pont en courant. Au bout de quelques minutes, on se mêle à la foule et on se retrouve devant la grande porte de la ville au milieu des marchands et des passants.

Tu as combattu et tu as été vainqueur… avec un peu de chance.
Dans ton Tableau des magies, coche une case en magie de combat.

—> je vais en 100

126

J'attrape la chaise de Lola et je frappe de toutes mes forces sur la tête de l'énorme insecte. La chaise explose en une pluie de fragments qui s'éparpillent à travers la pièce. Le monstre tombe en arrière en poussant un cri de douleur.

Tu as combattu pour la première fois.
Dans ton Tableau des magies, coche une case en magie de combat.
Au cours de ton aventure, cette magie se renforcera peut-être en fonction de tes choix : tu pourras alors cocher de nouvelles cases dans ce tableau ou dans un autre.
En revanche, tu ne pourras jamais en perdre ! Chaque case cochée le restera jusqu'à la fin, quoi qu'il arrive.

Le monstre se relève aussitôt. Un peu de sang noir coule de sa bouche, mais il n'est pas sérieusement blessé.

Avec un sifflement de rage, il lève une longue patte tranchante comme un rasoir. Drrrouli se jette sur lui mais il l'écarte aussi facilement qu'un moucheron sur une nappe.

Puis il se tourne vers moi.

⟶

D'un geste fulgurant, le démon frappe. Sa patte se termine en pointe, elle fonce entre mes deux yeux et je ne peux rien faire pour l'arrêter.

Je vais mourir…

—> je vais en 124

127

Ce type porte au cou un pendentif en forme de dragon. Peut-être qu'il aime les dragons et qu'il est digne de confiance ?

Je m'adresse directement au vendeur,
—> je vais en 52

Je jette juste un coup d'œil sur sa marchandise en évitant de lui parler,
—> je vais en 145

Pas de temps à perdre, je passe mon chemin et je continue à chercher le port,
—> je vais en 148

128

Je laisse monter en moi la magie de cœur, mes mains deviennent rouges et une énergie nous envahit, le soldat et moi. Je sens alors que cet homme ressent une grande sympathie pour les dragons comme moi.

— Je suis un enfant dragon, dis-je tout doucement

— Je... Tu es l'enfant que nous recherchons... J'ai l'ordre de...

— Vous n'avez aucune envie de me capturer, n'est-ce pas ? Vous aimez les dragons. Laissez-moi prendre ce smartphone et faites comme si vous ne m'aviez pas vu.

Une larme coule sur la joue du soldat. Il me lâche, dépose quelque chose dans ma main et chuchote d'un ton ému :

— File avant que le sergent ne te voie, enfant dragon, et bonne chance à toi !

Je m'enfuis dans la ville et je regarde ce qu'il m'a donné : 1 pièce en or.

Dans ton inventaire, inscris : « smartphone de Lola ».
Ajoute aussi 1 au nombre de tes pièces d'or.

—> je vais en 117

129

Secoué par de violents frissons, je fonce jusqu'au « temple du dieu nu ». La porte est bloquée par la neige, mais je donne un grand coup de pied dedans et elle s'entrouvre un peu – suffisamment pour que je me glisse à l'intérieur.

Il fait toujours très froid ici, mais au moins, je suis à l'abri du vent. Il me faut un petit instant pour m'habituer à l'obscurité.

Peu à peu, je vois des statues aux murs : des hommes et des femmes, sans le moindre vêtement. Par terre, il y a des corps congelés de gens absolument tout nus. Peut-être qu'il faisait très chaud, ici, à une époque ?

« Le temple du dieu nu »… J'aurais dû me douter que je ne trouverais pas de manteau ici !

Le froid est mortel. Je sens mes forces m'abandonner peu à peu et je sombre dans un sommeil glacé.

J'ai une racine de Sacras,
—> je vais en 172

Sinon,
—> je vais en 13

130

D'un coup de genou bien placé sur son museau, je fais craquer quelque chose et l'homme taureau me lâche en poussant un cri. Souple comme un chat, je me retrouve sur mes deux pieds en position de combat. Waoh, ce qu'il est grand !

Je frappe du poing, il me bloque mais de mon autre main, j'entaille sa poitrine de la pointe du poignard. Il recule en grognant, à peine égratigné.

— Tu es petit, mais tu sais te battre, fait-il finalement. Je respecte ça. Je ne te jetterai peut-être pas par-dessus bord.

Tu as choisi de te battre pour te faire respecter de l'homme taureau. Dans ton Tableau des magies, coche une case en magie de combat.

— Je dois me rendre à l'île du dragon ! dis-je.

— Tu me donnes des ordres maintenant ?

— Je n'ai plus d'or, mais je peux vous donner quelque chose pour payer le voyage.

Je ne peux pas lui donner la perle noire de ma mère, mais j'ai peut-être un autre objet qui lui plairait ? Je lui donne…

… un poignard, une épée magique ou une racine de Sacras,

—> je vais en 184

… une plume de Drrrouli, un manteau ou un cœur en cristal,

—> je vais en 197

… un chouchou rose ou le smartphone de Lola,

—> je vais en 177

131

Je me tourne vers Drrrouli et Lola.

— Venez, dans cette ville, on trouvera bien quelqu'un qui connaîtra Maîtresse Ael. On n'a qu'à prendre ce pont pour passer la rivière.

— Maîtresse Ael, répète Lola, pensive. C'est peut-être une maîtresse d'école. Tu ne veux pas qu'on aille voir des trucs ou des gens plus cools que ça ?

Je hausse les épaules.

— C'est ma seule piste pour retrouver ma mère.

— Oui, mais on pourrait prendre le temps de visiter un peu, avant ! répond Lola.

— Qu'est-ce que tu racontes ? Ma mère est en danger et tu voudrais que je fasse du tourisme ?

— Tu as raison, mauvaise idée, reconnaît Lola. Allons-y.

Drrrouli nous suit quand on se met en mouvement vers le pont. Deux soldats en uniforme bleu à rayures se tiennent devant. Ils portent des casques et sont armés de piques. Dès qu'on s'approche, l'un d'eux lève la main et dit quelque chose comme :

— Borack !

Je lui réponds : « Borack toi-même, débile ! »
—> je vais en **33**

Je possède une racine de Sacras et je décide de la leur montrer,
—> je vais en **109**

Je fais mon plus beau sourire et j'essaye de passer quand même,
—> je vais en **74**

Je fais demi-tour et j'essaye de trouver un autre moyen de passer,
—> je vais en **181**

132

Les deux bûcherons me regardent partir d'un air très triste et insistent avec des grognements et des cris pour que je reste avec eux. Mais non merci, hein ! Je n'ai aucune confiance dans ces gars-là.

— Ils étaient carrément zarbis, ceux-là, j'ai cru qu'ils allaient te massacrer ! commente Lola, soulagée.

On revient tous les trois à notre point de départ.

Tiens, une marchande ambulante s'est arrêtée sur le chemin à côté de nous, avec sa charrette tirée par un âne. Waoh, son chapeau est vraiment bizarre.

Bon, puisque les bûcherons sont louches, je vais plutôt…

… aller parler à cette femme en espérant qu'elle ne me saute pas dessus, elle aussi,

—> je vais en 67

… aller au pont gardé par deux soldats, qui mène à la ville,

—> je vais en 131

133

Drrrouli me regarde d'un air malheureux, puis il finit par monter tout seul dans la barque à contrecœur. Il se blottit contre Lola qui le caresse de la main en disant des trucs du genre « qu'il est joli, le mignon chachat à sa Lola ».

Les bûcherons rament avec une sacrée force et, en peu de temps, on se retrouve sur l'autre rive.

— Ça s'est plutôt bien passé, finalement, non ? dis-je à Lola. Ça va, Drrrouli ?

Il ne répond rien et me tourne le dos, vexé. Mais à part ça, il a l'air d'aller bien.

On remercie les deux bûcherons et on avance jusqu'à la ville toute proche.

—> je vais en 100

134

Il se passe alors un truc de dingue.

Le temps se met à reculer à toute vitesse, on remonte tous les trois jusqu'au portail, on revient dans la salle de classe et on se retrouve exactement au moment où l'obscurité a tout envahi. Puis le temps se fige de nouveau.

Tu as remonté le temps.
Si tu avais trouvé un ou des objets, conserve-le (ou les).
Si tu avais coché une ou plusieurs cases dans tes Tableaux des magies ou Tableau de Drrrouli, conserve-le (ou les).

« Je m'attendais à ce que tu ne survives pas à cette première épreuve, mon fils, car tes pouvoirs ne se sont pas encore réveillés », dit la femme dragon. « Cette fois, saute à travers le portail et fais attention à ne pas atterrir sur les rochers. Laisse-toi juste tomber dans la rivière.

Chaque fois que ta vie sera en danger, j'essayerai d'arrêter le temps à nouveau et de revenir en arrière. C'est le moins qu'une mère puisse faire pour son enfant. Sois tout de même prudent, car mes pouvoirs sont limités là où je suis retenue prisonnière. Je ne pourrai pas toujours te sauver la vie.

Oh, une dernière chose. Quand tu seras à Daragonia, trouve Maîtresse Ael, elle te dira comment me délivrer. Retiens bien ce nom : Maîtresse Ael. »

Le temps se remet alors à s'écouler normalement. Pour la seconde fois, avec Lola, j'entends le démon respirer fort derrière nous. Et elle me chuchote de nouveau :

— Témis ? C'est toi qui fais ce bruit-là ?

Cette fois, je n'attends même pas qu'elle allume la lampe de son smartphone.

— Viens avec moi !

J'attrape Lola par la main et, dans le noir, je cours jusqu'au portail où Drrrouli nous attend. Je sens déjà sur mon visage le courant d'air tiède qui souffle du passage vers Daragonia.

— Accrochez-vous, Lola et Drrrouli, on change de monde !

—> je vais en 50

135

Je parcours les quais de long en large en regardant les bateaux. Comment trouver quelqu'un qui acceptera de m'emmener jusqu'à l'île des dragons ? Accrochée devant la passerelle d'un navire, une pancarte annonce :

PASSAGER POUR TOUTES LES ÎLES
DE LA BAIE DE DARAGO,
COÛT : 1 PIÈCE D'OR.

Le navire s'appelle le *Loup solitaire*. Il a l'air plutôt miteux, mais je n'y connais pas grand-chose aux voiliers. Je m'approche de la passerelle quand un matelot sur le quai m'aborde aussitôt :

— Eh, petit ! Tu cherches un bateau pour partir en voyage ? Où veux-tu aller ?

Je réponds, soulagé :

— À l'île des dragons.

Il a l'air surpris.

— Quoi ? L'île des dragons ?

Mais il se reprend aussitôt.

— Parfait ! Parfait ! Monte, je vais te conduire au capitaine. Et si tu n'as pas d'argent, ne t'en fais pas pour le prix, on s'arrangera bien.

Au moment où je pose le pied sur la passerelle, j'entends des cris sur le quai. Je me retourne : une foule agitée se rassemble. On dirait que des gardes viennent de faire venir une grande cage sur un chariot, et il y a des gens dedans. Je demande au matelot :

— Qu'est-ce que c'est ?

Il hausse les épaules.

— Rien d'important. Ils ont sûrement attrapé des voleurs.

Je suis le matelot sur le *Loup solitaire*,

—> je vais en 21

Je redescends sur le quai pour voir ce qui se passe de plus près,

—> je vais en 171

136

Le temps se fige de nouveau autour de moi.

« Encore ! » fait maman d'une voix aiguë. « Mais tu passes ton temps à mourir, mon pauvre garçon ! Ne crois pas que je pourrai te sauver à chaque fois ! »

Le temps, une fois de plus, revient peu à peu en arrière.

Je la supplie à voix haute :

— Maman ! S'il te plaît, remonte le temps avant le moment où je me fais capturer !

Mais elle ne répond pas.

Tu reviens en arrière dans le temps.
Si tu avais des objets sur toi, mets-les de nouveau entre parenthèses, sauf le smartphone et la perle noire.
Tu conserves toutes les cases cochées dans ton Tableau des magies.

Bon, je viens de frôler la mort, mais au moins, je ne suis plus dans mon cachot : j'ai passé la grille et je suis dans le couloir !

Une créature m'a attaqué, j'ai failli être tué par…

une femme avec des ailes ?

—> je vais en 95

un homme taureau ?

—> je vais en 79

137

— Laisse tomber, gamin, tu ne fais pas le poids, fait l'homme en ricanant.

Tous les matelots derrière lui éclatent de rire.

En une seconde, la magie monte dans mes poings. D'un geste fulgurant, j'arrache le bâton des mains du matelot et je lui balance un grand coup sur la tête : il fait un vol plané par-dessus le bastingage et tombe à l'eau avec un grand plouf.

Qui est-ce qui ne fait pas le poids, hein ?

Je lance un regard de tueur à l'équipage.

— Il y en a d'autres qui veulent rigoler ?

Ils se jettent tous sur moi en même temps. J'en assomme au moins trois, j'en envoie un dans une écoutille et un autre se fracasse le crâne contre le mât, mais ils sont bien trop nombreux... Ils s'y prennent à quinze pour m'empoigner les bras, les jambes, et me nouer les poignets avec une corde.

Tu as fait le choix de te lancer dans un combat désespéré plutôt que de te rendre. Tu as été battu, mais tu as appris de cette défaite. Dans ton Tableau des magies, coche une case en magie de combat.

Le capitaine se penche sur moi et inspecte le tatouage sur ma main.

— C'est bien l'enfant dragon dont la tête est mise à prix. Bravo les gars ! On va le vendre à la garde : Maîtresse Ael a promis de l'or pour sa capture.

→ je vais en 150

138

Je m'enfuis aussitôt dans la foule. Ouf, je l'ai échappé belle !

J'ai une pointe de remords en pensant à Lola que j'ai laissée derrière. Mais après tout, elle a l'air beaucoup plus forte que moi et c'est elle qui me l'a demandé. Je suis sûr qu'elle va s'en sortir.

—> je vais en 157

139

Un éclair bleu et un bruit derrière moi me font soudain sursauter.

Si tu avais coché une case Drrrouli et que tu avais une plume de Drrrouli dans ton inventaire, alors efface : « plume de Drrrouli ».

« Drrrrrrrouuuuuli, Drrrrrouuuuuuli », miaule Drrrouli dans la pénombre.

— Drrrouli ? C'est toi ? C'est bien toi ?

J'avais oublié : Drrrouli peut créer des portails !!

— Tu as entendu mon appel et tu es venu jusqu'à moi, c'est ça ?

Je le caresse et le prends dans mes bras. Il se laisse faire en ronronnant. Il agite fièrement la queue et vient se frotter à mes jambes.

Dans ton « Tableau de Drrrouli », coche une case.

C'est vraiment un petit animal plein de ressources !

—>

Si tu avais des objets entre parenthèses dans ton inventaire, efface les parenthèses : le petit animal a retrouvé et rapporté tous ces objets !

— Drrrouli, maintenant, est-ce que tu pourrais m'emmener sur l'île des dragons ?

Il me regarde d'un air malheureux. Et je crois comprendre pourquoi : il ne connaît pas l'île des dragons, il ne peut donc pas créer de portail qui mène là-bas. Peut-être qu'il faudrait que je trouve une image de l'île ?

Alors il se passe une chose étrange : Drrrouli pousse des cris et pointe du museau le smartphone de Lola.

Et tout à coup, je comprends ! C'était pour Drrrouli que Lola prenait tout le temps des selfies : au cas où elle aurait voulu revenir quelque part, elle pouvait montrer l'image à Drrrouli ! Et c'est peut-être aussi comme ça qu'elle m'a retrouvé dans mon monde : avec ce dessin de ma rue qu'elle a déniché je ne sais où.

— Drrrouli ! répète Drrrouli tourné vers le smartphone.

Je regarde de nouveau la dernière photo prise par Lola devant la grande porte de la cité. Tiens, en grossissant un peu, il y a un détail intéressant : un peintre vendait ses toiles un peu à l'écart de la foule et il avait un tableau représentant une île avec un volcan au milieu, complètement recouverte de glace et de neige. Ce qui est bizarre, c'est que le volcan a vraiment une tête de... ben oui, de dragon.

C'est peut-être la fameuse « île au dragon » où maman est emprisonnée ?

La porte du couloir s'ouvre soudain à la volée et une femme à la tête couronnée apparaît dans l'encadrement.

Sa robe est couverte de pierres précieuses, elle tient un bâton runique à la main.

Je murmure pour moi-même :

— Maîtresse Ael, je parie...

Il y a quelque chose de flou dans son regard, et je comprends aussitôt pourquoi quand je vois derrière elle des créatures à tête d'insecte. Des démons Ianteru ! Ils ont pris possession de l'esprit de cette femme !

— Alors comme ça, tu voulais t'échapper, mon enfant ? dit-elle tout en pointant son bâton runique.

Je me tourne vers Drrrouli avec l'image de l'île des dragons zoomée au maximum sur le smartphone.

— Vite ! Emmène-moi là-bas !

— Drrrouli ! miaule le petit animal.

Un portail bleu et rond se forme sur le mur, on peut y voir un paysage de neige. Allez, quand faut y aller, faut y aller...

—> je vais en 163

140

La marchande me tend les chaussures de marche. Quand je les donne à Lola, elle saute de joie.

— Génial ! C'est fou, de toutes les marchandises de cette dame, tu as pris exactement ce que je voulais, et elles sont pile à ma taille en plus, tu as l'œil ! D'habitude, les gens ne font pas attention à moi et ne me comprennent jamais. Merci Témis !

Tu as choisi de faire un cadeau vraiment utile à Lola et cela lui a fait très plaisir. Ce geste révèle de ta part une capacité à penser aux autres.
Dans ton Tableau des magies, coche une case en magie de cœur.

Dans mon inventaire, j'ai un chouchou rose,
—> je vais en 112
Je n'ai pas de chouchou rose,
—> je vais en 53

141

La porte est entrouverte. Je suis obligé de pousser fort pour entrer à cause de la glace accumulée sur le pont, mais je finis par y arriver.

Au moins, à l'intérieur, je suis à l'abri du vent. Le capitaine est penché sur son bureau, mort de froid comme les autres. Mais ce qui m'intéresse le plus, c'est son lit ! Je m'enroule dans les couvertures en claquant des dents.

Ça va un peu mieux. Ouf, je l'ai échappé belle.

Bien emmitouflé, je fouille rapidement la cabine et, au fond d'un coffre, je trouve enfin ce que je cherchais : un chaud manteau d'hiver ! Sauvé !

—> je vais en 153

142

— Va-t'en, Lola ! Je m'occuperai d'eux pendant que tu passeras la porte !

— Ne dis pas de bêtise, Témis, tu sais à peine te battre, me répond Lola-la-dragonne. C'est moi qui vais te protéger.

Pas le temps de lui répondre, car deux gardes foncent sur moi.

J'ai un poignard,
—> je vais en 161

Je n'ai pas de poignard,
—> je vais en 113

143

— Laisse tomber, gamin, tu ne fais pas le poids, fait l'homme en ricanant.

Tous les matelots derrière lui éclatent de rire.

La magie de cœur monte dans mes poings et le matelot est très surpris quand je pose une main sur son épaule.

— Je suis l'espoir des dragons et l'espoir de ton monde. La garde va me livrer aux démons Ianteru et vous savez bien que ce sont vos ennemis autant que les miens.

L'homme ouvre la bouche, stupéfait, puis il baisse les yeux et marmonne :

— Tu as raison, petit, on ne devrait pas faire ça.

Il se tourne vers les autres, les bras levés.

— Laissez-le partir ! Si on livre cet enfant dragon à la garde, on gagnera peut-être quelques pièces d'or, mais les démons détruiront notre monde, alors aidons-le à...

Mais les autres matelots ne lui laissent pas finir sa phrase : ils nous sautent dessus à quinze, nous attrapent les bras, les jambes, et nous attachent solidement avec des cordes.

— Désolé, petit, fait l'homme qui a essayé de m'aider, lui aussi attaché maintenant. Vraiment désolé.

→

Tu as compté sur la compassion et l'intelligence de cet homme, et cela a failli réussir.
Coche une case en magie de cœur.

Le capitaine se penche sur moi et inspecte le tatouage sur ma main.

— C'est bien l'enfant dragon dont la tête est mise à prix. Bravo les gars ! On va le vendre à la garde, il vaut de l'or.

—> je vais en 150

144

La voûte de pierre au-dessus de ma tête est très abîmée. En fait, elle menace carrément de s'effondrer ! À certains endroits, le plafond est tellement bas que je peux le toucher de la main. Peut-être qu'en poussant fort, je pourrais faire tomber des pierres et m'échapper par le haut ?

Je cogne dessus avec la paume de mes deux mains, ça bouge un peu. Je recommence une fois, deux fois, dix fois. Et soudain, dans un craquement sourd, deux petits moellons tombent du plafond sur ma tête. Aïe !

Bon, ça fait mal mais en tirant de toutes mes forces, je réussis à arracher encore une pierre et à en bouger une autre. Je crois que maintenant, je peux me glisser dans la pièce du dessus !

Tiens, il y a un drôle de bruit qui vient de là-haut. On dirait un sifflement comme celui d'une bouilloire. Ou peut-être autre chose de plus gros. Qu'est-ce que ça peut bien être ?

—>

Si je ne suis encore jamais allé par ici, je peux me faufiler par le trou,

—> je vais en **65**

Si je suis déjà allé là-haut ou si je préfère aller explorer ailleurs...

... je peux aussi inspecter la grille pour voir s'il y a moyen de s'échapper par là,

—> je vais en **86**

... si je ne l'ai pas encore fait, je peux faire le tour du cachot pour voir si je n'ai pas raté quelque chose,

—> je vais en **71**

145

Il y a pas mal d'objets exposés, et tous au même prix : 1 pièce d'or. Une toute petite naine vient me voir dès que je m'approche pour me servir, pendant que le vendeur au chapeau couvert de moineaux est occupé ailleurs.

— Bonjour mon garçon ! Un article t'intéresse ? Tout est à 1 pièce d'or. Mais si tu n'as pas assez d'argent, je peux aussi te racheter quelque chose.

Tu peux vendre un de ces objets à l'elfe pour 1 pièce d'or si tu le souhaites :

- *une plume de Drrrouli*
- *une racine de Sacras*
- *un poignard*
- *un chouchou rose*

Dans ce cas, efface-le (ou les) de ton inventaire.
Et ajoute autant de pièces d'or que tu en as gagné.

Tu peux aussi acheter une de ses marchandises :

- *un poignard pour 1 pièce d'or*
- *un manteau pour 1 pièce d'or*
- *une racine de Sacras pour 1 pièce d'or*

⟶

Si tu achètes un ou plusieurs de ces objets, inscris-le (ou les) sur ton inventaire.
Retire aussi ce que tu as dépensé du nombre de tes pièces d'or.

J'appelle le vendeur aux moineaux, pour être sûr qu'il n'a pas d'autres marchandises intéressantes,
—> je vais en 52

Je remercie la naine et j'essaye de trouver le port,
—> je vais en 148

146

Je me perds dans les rues de cette ville que je ne connais pas. Tout est surprenant, ici : des femmes chevaliers en armure côtoient des magiciens aux cheveux rasés, des marchands en chemises à plumes discutent avec des hommes à tête de tigre – qui portent des robes roses en dentelles, ce qui fait bizarre sur des hommes tigres. Les rues sont minuscules et dégoûtantes, tout le monde jette ses ordures par terre.

Mais sinon, les gens ont des vêtements cools, avec plein de couleurs et des formes rigolotes qu'on ne voit pas dans mon monde. Et les maisons sont trop belles !

Il y a même un palais carrément fou, entièrement suspendu dans le vide, comme un ballon ! Il a des tourelles, des toits en or et des statues de marbre toutes blanches sur les balcons... Je me demande comment on y monte, vu qu'il n'y a pas d'escaliers ? La magie, sans doute.

La cité est un fouillis de petites ruelles et il n'y a pas le moindre panneau indicateur. J'ai du mal à trouver le port mais en suivant les rues en pente, je finis par arriver au niveau de l'eau.

—>

Waoh !

Trop beau !

Des centaines de navires de toutes les tailles sont alignés sur les quais. Certains ressemblent aux anciens voiliers du Moyen Âge, d'autres n'ont aucune voile, peut-être qu'ils utilisent de la magie pour avancer ? Mais surtout, en levant la tête, je vois des navires qui volent carrément au-dessus de la tête des passants ! Ils flottent là-haut ou tracent leur chemin comme si de rien n'était.

Au niveau des quais, c'est presque impossible d'avancer tellement la foule est dense. Entre les marins, les dockers et les marchands, j'arrive à peine à me faufiler jusqu'à l'eau.

Tiens, un attroupement s'est formé un peu plus loin. On dirait un vendeur ambulant qui fait la réclame pour ses marchandises.

— Approchez ! Approchez messieurs dames ! Venez voir des merveilles du bout du monde à des prix incroyablement bas !

Le gars s'est hissé sur un tonneau et il brandit quelque chose dans sa main.

Je m'approche un peu. Non mais je rêve : c'est le smartphone de Lola ! Il a dû tomber par terre à la grande porte où quelqu'un a dû le voler. Et maintenant, ce marchand est en train de le vendre au plus offrant.

Une jeune fille à la peau bleue lève un doigt, prête à acheter le smartphone.

C'est mauvais signe, ça. Où est passée Lola ? Peut-être que son smartphone me donnera un indice pour la trouver. Je dois essayer de le récupérer !

Je participe aux enchères pour essayer
de remporter la vente,
—> je vais en 44

J'utilise une magie de combat pour foncer
dans le tas et récupérer le smartphone,
—> je vais en 198

Je repère la personne qui achètera le smartphone,
j'essaierai ensuite de la convaincre
de me le rendre,
—> je vais en 12

147

Je laisse monter en moi la magie de combat et je fonce vers l'officier. Il a juste le temps d'ouvrir de grands yeux ahuris quand mon poing le cueille sous la mâchoire et l'envoie voler à trois mètres de là.

Je mets mes mains en porte-voix et je crie aux prisonniers dans les cages :

— Je vais vous sortir de là !

Dix gardes me sautent dessus, mais j'en assomme un et réussis à courir jusqu'à la cage. J'ouvre en grand les verrous et les enfants orcs s'échappent aussitôt avant de se mêler à la foule. Quant au grand Drrrouli, j'arrache le bandeau de ses yeux et il disparaît avec un « plop » dans un nuage coloré.

Quand je me retourne, je suis entouré par au moins trente gardes. Leur chef, avec un œil au beurre noir et un air furieux, me crie finalement :

— Tu ne manques pas de courage, gamin, je peux reconnaître ça. Tu aurais fini par te faire capturer de toute façon, mais au moins tu pourras dire que tu t'es battu avec panache. Seulement c'est fini, maintenant, il va falloir te rendre.

Dix arbalètes sont pointées sur moi : je n'ai aucune chance. Tant pis, j'aurai agi selon ma conscience.

Soudain, une femme orc immense bouscule les gardes et court vers moi. Elle me prend dans ses bras et me serre contre elle à me couper le souffle.

— Merci, petit dragon, tu as sauvé nos enfants !

Je sens soudain qu'elle glisse quelque chose dans ma main.

— Ils vont te jeter au cachot. Au nom du peuple orc et du peuple drrrouli, ceci est pour toi. Avale cette potion et cela t'aidera peut-être à t'échapper.

C'est une toute petite fiole.

— Recule, toi ! fait l'officier, repoussant brutalement la femme orc. Gardes, emparez-vous de ce garçon !

D'un geste discret, je porte la fiole à mes lèvres et en avale le contenu. Aussitôt, une force nouvelle se répand dans mon corps. De la magie ! Je la sens se développer et se renforcer en moi !

Tu as avalé une potion qui accélère le développement de la magie en toi. Coche deux cases, selon ta préférence :

• soit en magie de cœur dans ton Tableau des magies,

• soit en magie de combat dans ton Tableau des magies,

• soit dans ton Tableau de Drrrouli.

—> je vais en 150

148

Je ne trouve toujours pas ce fichu port et je suis complètement perdu. Juste devant moi, une vieille dame et sa petite fille donnent des miettes aux oiseaux. À ma gauche, une ruelle est en forte pente. Elle mène peut-être à la mer ?

Je demande mon chemin à la vieille dame,
—> je vais en 167

Je m'engage dans la ruelle en pente,
—> je vais en 61

149

Mes mains deviennent rouges et lumineuses, une force envahit aussitôt tout mon corps. La fille bleue pousse un cri de frayeur.

— Pitié, ne me frappez pas ! Tenez, prenez-le !

Je n'ai pas le cœur à la démolir : elle n'a rien fait de mal, après tout. Je récupère le smartphone et je m'enfuis dans la foule.

Dans ton inventaire, inscris : « smartphone de Lola ».

—> je vais en 108

150

Aïe ! Te voilà au cachot ! Courage, il y a sûrement un moyen de sortir d'ici !

Je le trouvais beau, ce palais suspendu en l'air que j'admirais tout à l'heure, hein ? Eh bien, j'ai droit à une visite gratuite, finalement.

Je ne sais toujours pas comment on y monte, parce que les soldats m'ont maintenu la tête dans un sac pendant le trajet, mais c'est haut. Ils ne me l'enlèvent qu'une fois arrivé. J'ai à peine le temps d'admirer la ville qu'ils me traînent dans des couloirs sombres jusqu'aux cachots. Ils me jettent dans une pièce aussi noire que l'enfer, qui sent le vomi.

— Tu n'auras pas à attendre longtemps, dit l'un des soldats en refermant la grille. Maîtresse Ael a très envie de te voir.

Et avec elle, il y aura des démons Ianteru, je suppose...

Je n'ai plus les mains attachées, alors je tâte mes vêtements. J'y crois pas ! Ils m'ont pris tout ce que j'avais !

—>

Ah tiens, non, il me reste encore deux choses : d'abord le smartphone de Lola, sans doute parce qu'ils ne savaient pas ce que c'était. Et ensuite la perle noire de maman – si petite qu'ils ne l'ont pas vue au fond de ma poche.

Dans ton inventaire, garde : « smartphone de Lola » et « perle noire ».
Tous tes autres objets doivent être mis entre parenthèses : pour l'instant, tu ne les as plus sur toi. Mais peut-être arriveras-tu à les récupérer ?

Les idiots, ils n'auraient jamais dû me laisser la perle noire ! Ils ne savent pas que ma mère peut jouer avec le temps. Dès que je suis seul, j'appelle aussitôt :

— Maman ! Maman ! Je suis prisonnier, s'il te plaît, remonte le temps jusqu'au moment où je me fais capturer. Comme ça, j'échapperai aux gardes !

J'attends un bon moment, une minute, deux minutes, mais je n'ai aucune réponse. Pas de chance. Maman ne peut pas m'aider, apparemment ! Sauf que Maîtresse Ael et les démons risquent d'arriver d'un moment à l'autre. Il va falloir que je m'échappe par mes propres moyens, et vite...

Bon. Pour ça, il me faut de la lumière. Heureusement que j'ai retrouvé le smartphone de Lola. J'appuie sur le bouton central. Il me demande encore un code.

— Je ne l'ai toujours pas, ton fichu code... dis-je en grommelant.

Aucune importance : la lumière de l'écran me suffit. Pour mes yeux habitués à l'obscurité, ça fera l'affaire.

J'essaye de forcer la grille,
—> je vais en 86

Je regarde la voûte de pierre au-dessus de ma tête,
—> je vais en 144

Je fais le tour de mon cachot,
—> je vais en 71

151

Je prends la plume de Drrrouli dans ma main et elle se met à chauffer d'un seul coup. Dans un éclair aveuglant, je me retrouve comme téléporté à vingt mètres de là, dans la rue à l'intérieur de la cité.

Waoh, il a de sacrées plumes, ce Drrrouli !

Tu as utilisé la magie de Drrrouli, cela vous a rapprochés tous les deux.
Dans ton Tableau de Drrrouli, coche une case.
En revanche, dans ton inventaire, efface : « plume de Drrrouli ».

Ouf, je l'ai échappé belle ! Mais… où est Lola ? Elle est restée se battre là-bas pour me permettre de m'enfuir !

Un vrombissement d'insecte emplit soudain l'air, tellement fort qu'on dirait que des frelons géants foncent sur Lola. Sauf que ce ne sont pas des frelons géants… Ils sont six. Aussi grands et larges que des gorilles. Ils se tiennent sur deux pattes d'insecte. Leur tête noire est couverte de centaines de petits yeux brillants.

Ce sont les mêmes créatures que celles du collège ! Les démons Ianteru !

Il se passe alors un truc hallucinant : au lieu d'attaquer directement, les démons entrent dans la tête des humains présents et en prennent le contrôle. Tous les gens de la foule se tournent vers Lola, mains tendues, comme possédés par une force maléfique.

—> je vais en 157

152

Parmi tous les gens qui entrent et sortent par la grande porte, je repère un ivrogne complètement saoul. Je me glisse derrière lui et lui fais un croche-patte : il tombe sur une dame bien habillée qui pousse un cri indigné.

Aussitôt, le mari de cette dame se met à insulter l'ivrogne. Dès que la bagarre commence, les deux gardes quittent leur poste pour intervenir.

J'en profite pour ramasser tranquillement le smartphone de Lola et disparaître dans la ville.

Dans ton inventaire, inscris : « smartphone de Lola ».

—> je vais en 117

153

J'enfile aussitôt le manteau, remontant le col et mettant mes mains dans les poches. Une chance : il est vraiment épais ! J'ai toujours froid, mais je pense que je peux tenir le coup, maintenant.

Bon, réfléchissons : où peut bien être ma mère ? Elle est prisonnière quelque part. Logiquement, je dois donc chercher une prison, non ?

Je grimpe au sentier qui mène au centre de l'île. C'est pentu, c'est glissant, et ce vent glacial est une vraie saleté. J'ai les oreilles gelées. Au bout de plusieurs heures de montée, j'arrive dans un immense espace en demi-cercle creusé dans la roche du volcan.

Des statues de dragon sont disposées tout autour. Elles sont si belles et si travaillées ! On dirait presque qu'elles vont prendre vie. Au fond, taillée dans la roche du volcan lui-même, une tête de dragon gigantesque semble me regarder avancer vers elle. Une rampe de pierre de trente mètres de long mène à sa gueule, où deux portes monumentales s'ouvrent dans les profondeurs de la roche noire.

—>

Je franchis les portes avec le sentiment dérangeant de me faire avaler tout cru par l'énorme gueule.

Je me retrouve dans un couloir sombre, qui doit bien faire vingt mètres de large comme s'il avait été taillé pour… eh bien, pour un dragon, en fait.

C'est glacial ici, mais les murs sont éclairés par de fines rainures qui diffusent une lueur bleutée. C'est comme si on était à l'intérieur d'un volcan mais que toute la chaleur avait été… transformée en froid. Je suis sûr que c'est un sortilège des démons Ianteru.

Je débouche alors dans une immense salle en forme de dôme, dont les murs et les plafonds sont entièrement peints de dragons de toutes les couleurs. Des lustres de cristal pendent de chaînes en or, depuis longtemps éteints. Des trônes en argent et en diamant sont disposés tout autour de la salle, et sur chacun d'eux se trouve un homme ou une femme de très grande beauté. Leur peau est bleue de froid et des stalactites de glace s'accrochent aux aspérités de leurs visages.

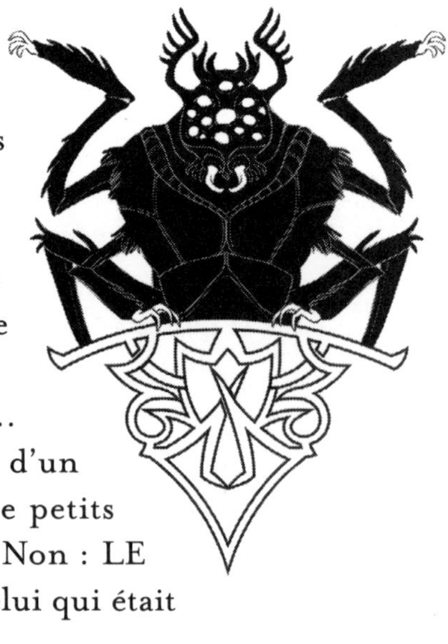

« Bienvenue au sanctuaire des dragons, Témis », fait la voix de ma mère dans ma tête.

Je me retourne en sursaut et… j'aperçois la silhouette effrayante d'un insecte géant, la tête couverte de petits yeux noirs. Un démon Ianteru ! Non : LE démon Ianteru du tout début. Celui qui était au collège. Je le reconnais parce qu'il est plus grand que tous les autres.

— Vous... Vous n'êtes pas ma mère !

— Pauvre petit Témis. Tu avais tellement envie de connaître ta maman, n'est-ce pas ? Alors quand je t'ai dit que j'étais ta mère, tu m'as cru !

Je me suis fait avoir depuis le début !

Cette « voix » qui parlait dans ma tête, c'était celle du démon !

Des détails me reviennent en mémoire : quand la « voix » m'a dit qu'elle m'avait envoyé Drrrouli, elle m'a menti car c'était l'animal de Lola. Quand la « voix » m'a dit d'aller trouver Maîtresse Ael, c'était pour que je me fasse capturer. Et quand j'ai été jeté au cachot, la « voix » n'a jamais assez remonté le temps pour que j'échappe à la capture... depuis le début, la « voix » voulait que je sois fait prisonnier !

De rage, je jette à terre la perle noire et je l'écrase du pied. Avec ça, je croyais que ma mère était dans ma tête et pouvait voir tout ce que je faisais, alors que c'était le démon !

Dans ton inventaire, efface : « perle noire ».

— Pourquoi m'avez-vous sauvé la vie à chaque fois que j'allais mourir ? je lui demande en serrant les poings.

— J'avais bien trop besoin de toi, mon petit. Et aussi de ta magie, qui devait se développer et grandir, aventure après aventure.

— Alors ça n'a servi à rien que je m'échappe de ma prison, hein ? Vous avez vu que j'allais sur l'île, donc tous les démons sont déjà là, c'est ça ?

—>

— Ils n'en ont pas eu le temps. J'avais prévu que tu arrives enchaîné et emmené par mes frères plutôt que libre et sans gardien. Tu as déjoué mes plans, bravo ! Malheureusement pour toi, je suis le grand maître des démons : j'avais pris mes précautions. Malgré ta petite ruse, tu es finalement venu tout droit jusqu'à moi.

Il est donc seul ! Je pourrais l'affronter, ici, tout de suite. Et peut-être le vaincre ? Mais si ma mère était vraiment vivante et qu'il était le seul à pouvoir me dire où elle se trouve ?

—> je vais en 94

154

Les gardes m'ont probablement enfermé à l'endroit où ils mettent tous leurs prisonniers dangereux. Conclusion : il y a peut-être des créatures mortelles, dans le coin.

Si je ne suis encore jamais passé par le plafond, je peux me faufiler par le trou,
—> je vais en 65

Si je suis déjà allé là-haut ou si je préfère éviter de m'y risquer...

... je peux aussi inspecter la grille pour voir s'il y a moyen de s'échapper par là,
—> je vais en 86

... si je ne l'ai pas encore fait, je peux faire le tour du cachot pour voir si je n'ai pas raté quelque chose,
—> je vais en 71

155

Un trait de flammes rouge fuse rageusement de ma gueule de dragon, compact et intense. Le démon pousse un hurlement quand sa tête d'insecte brûle et fond sous l'effet de la chaleur. Il lâche la perle, qui tombe au sol avec un tintement aigu.

Je m'avance vers son corps carbonisé, empli de rage, de dégoût et de tristesse.

J'ai vaincu le grand maître des démons. Mais j'ai aussi tué ma seule amie et cela donne à ma victoire un goût amer qui ne m'apporte aucun réconfort.

Je me tourne vers ma mère et les autres dragons toujours gelés : maintenant que j'ai tué le grand maître des démons, plus personne ne peut lever le sort de froid. Ils resteront figés dans la glace pour l'éternité.

Si seulement j'avais pu faire autrement !

Alors je remarque une chose : la petite perle que tenait le démon est intacte, par terre. Je la ramasse entre mes doigts en retenant mon souffle. J'ai dû rater quelque chose à un moment de l'histoire. Sans doute que j'ai manqué d'intuition. Mais j'ai peut-être l'occasion de revenir en arrière ! Et s'il suffisait que je brise cette perle blanche, moi aussi ?

Je l'écrase entre mes doigts et soudain, le temps s'arrête. Puis il revient en arrière, d'abord lentement et ensuite, de plus en plus vite. Mais cette fois, c'est à moi de décider à quel moment je veux revenir :

Au tout début,
—> je vais en **1**

Au moment où je suis arrivé dans le monde de Daragonia,
—> je vais en **50**

Au moment où je suis arrivé aux portes de la ville,
—> je vais en **100**

Au moment où je suis arrivé sur l'île des dragons,
—> je vais en **200**

Au moment où j'ai décidé de me transformer en dragon,
—> je vais en **17**

Dans tous les cas, garde toutes les cases de magie que tu as cochées au cours de ton aventure, ainsi que tous les objets que tu as sur toi. Si tu vas en 1, 50, 100 ou 200, tu retrouves aussi l'objet : « perle noire ». Inscris-le sur ton inventaire.

156

En regardant mieux, je remarque deux créatures massives à la peau faite de pierre, juste derrière le marchand. Probablement ses gardes du corps.

Même pas peur, j'utilise ma magie de combat pour récupérer le smartphone de force,
—> je vais en 198

Je participe aux enchères pour essayer d'acheter le smartphone,
—> je vais en 44

Je repère la personne qui achètera le smartphone, j'essaierai ensuite de la convaincre de me le rendre,
—> je vais en 12

157

Avant que je puisse faire un seul geste, quelqu'un se glisse derrière moi et me fourre un sac sur la tête. Je n'y vois plus rien ! Des mains m'empoignent et me soulèvent dans les airs. J'ai beau essayer de me débattre, celui qui m'a capturé est bien plus fort que moi !

Il se met à courir tout en me portant comme un ballot.

— Lâchez-moi !

Je voudrais me concentrer sur ma magie, frapper, résister, mais je suis secoué comme un prunier. Et puis, soudain, on soulève ma capuche.

Je suis dans une ruelle sombre, sous un porche. Celui qui m'a capturé n'est pas un humain : c'est un géant à la peau verte. Ses canines lui sortent de la bouche. Il fait carrément trois mètres de haut, je suis obligé de me casser le cou pour le regarder dans les yeux.

Il met son doigt sur ses lèvres pour me faire signe de me taire. Puis il sort de sa poche un bout de papier, où une rune est tracée au crayon. Avant que j'aie eu le temps de dire ouf, il me l'applique sur le front. J'essaye bien de résister mais il est fort comme un ours.

→

— Ta mère m'a donné cette rune magique autrefois, me dit le géant à la peau verte, et elle m'a demandé de te toucher avec, quand tu reviendrais à Daragonia.

— Vous… Vous parlez ma langue ?

— Les dragons comprennent et parlent naturellement toutes les langues, mais ta mère avait bloqué cette faculté chez toi quand tu étais bébé pour que tes ennemis ne te retrouvent pas. Cette rune vient de révéler cette capacité que tu avais en toi.

J'ai l'impression de manquer d'air. La tête me tourne et je sens mon esprit s'ouvrir d'un seul coup. C'est comme s'il avait été jusqu'ici limité et comprimé, et qu'il pouvait enfin s'épanouir. J'ai la certitude qu'une nouvelle magie vient de naître en moi…

Bravo ! Tu as développé une nouvelle magie très rare, qu'on appelle « l'œil du dragon ». Celle-ci ne comporte pas de case ni de point. C'est la magie d'intuition, qui te permet de remarquer des détails cachés.

Désormais, à chaque fois que tu verras un œil de dragon à côté du numéro de paragraphe, après avoir lu le paragraphe, tu pourras, si tu le souhaites, ajouter 10 à ce numéro et te rendre au numéro correspondant.
Par exemple, s'il y a un œil de dragon à côté du numéro 41, alors, lis le paragraphe jusqu'au bout. À la fin, en plus des choix proposés, la magie d'intuition te permet d'aller au numéro 51.

Parfois, ces intuitions te seront utiles, et parfois non…

—> je vais en 92

158

À bien y regarder, la vieille dame porte trois cadavres de corbeaux à la ceinture. Ces deux-là ne donnent pas du pain aux oiseaux par gentillesse : je crois plutôt qu'elles les attirent pour les capturer.

Je demande mon chemin à la vieille dame,
—> je vais en 167
Je vais dans la ruelle en pente,
—> je vais en 61

159

Je regarde le dragon rouge tatoué sur ma main. Je dois me transformer en ça.

Pendant que Lola essaye de m'écrabouiller, j'évite coup après coup et je me concentre de toutes mes forces.

J'ai coché au moins cinq cases en magie de combat,
—> je vais en 17

Cinq cases en magie de combat ? Même pas en rêve,
—> je vais en 68

160

Les bûcherons poussent la barque jusqu'à l'eau, montent dedans et prennent les rames. Puis ils nous invitent à les rejoindre.

— Beurk, ça sent le champignon et il y a de l'eau croupie au fond, dit Lola, dégoûtée, qui a peur de salir son jean.

Quant à Drrrouli, il se tient sur le bord d'un air malheureux et n'ose pas monter dans la barque.

Je le prends dans mes bras pour le rassurer,
—> je vais en 36

Si j'essaye, il va sûrement me donner un coup de griffe,
—> je vais plutôt en 133

161

Le poignard ! C'est le moment de l'utiliser !

Quand ils voient cette arme entre mes mains, qui sont devenues rouges et lumineuses, les soldats n'essayent même pas d'approcher. À grands moulinets menaçants, je les fais reculer. L'un d'eux tente de se glisser par-derrière mais d'un coup fulgurant, je lui entaille le bras et il s'enfuit en criant.

Et puis, face à Lola et moi, ils changent soudain de tactique : ils nous tiennent à distance de la pointe de leurs épées et ils semblent attendre quelque chose. Très vite, l'air s'emplit d'un vrombissement d'insecte tellement fort qu'on dirait que des frelons géants foncent sur nous...

Sauf que ce ne sont pas des frelons géants.

Ils sont six. Ils ont des pattes d'insecte. Leur tête noire est couverte de centaines de petits yeux brillants.

Ce sont les mêmes créatures que celles du collège !

— Les démons Ianteru, murmure Lola-la-dragonne. Ils vont entrer dans la tête des humains, et les forcer à leur obéir.

Très vite, non seulement les soldats, mais tous les gens de la foule se tournent vers nous. Ils ont les yeux blancs et les mains tendues, comme possédés par un esprit maléfique.

Lola crie dans mon dos :

— Fonce en avant, Témis ! Je te retrouverai plus tard !

Pas question de laisser Lola toute seule contre ces soldats, je reste l'aider,
—> je vais en 26

Lola en sait visiblement beaucoup plus que moi, mieux vaut suivre son plan à elle,
—> je vais en 138

162

Les deux géants à la peau verte crient de plus en plus fort et brandissent leurs haches. Ils ont l'air vraiment furax !

Si j'ai déjà coché une case en magie de cœur et que j'ai envie de m'en servir,
—> je vais en 116

Si j'ai déjà coché une case en magie de combat et que j'ai envie de m'en servir,
—> je vais en 63

J'essaye de communiquer avec des gestes pour les apaiser,
—> je vais en 165

Je m'enfuis en courant,
—> je vais en 114

163

Je saute à travers le portail et je me retrouve... dans le vide, car le palais et ses cachots étaient situés à plus de trente mètres au-dessus du sol !

Par chance, je me réceptionne sur une pente couverte de neige. Drrrouli et moi, on dégringole jusqu'en bas sans se faire trop mal.

« Drrrouli ! » fait Drrrouli, qui disparaît aussitôt dans un nuage de poussière.

Il n'aime pas le froid, visiblement. Merci quand même de m'avoir sorti du cachot et conduit jusqu'ici, petit frileux ! Me voici enfin sur l'île des dragons !

—> je vais en 200

164

On ne voit vraiment rien dans ce couloir sombre. La seule sortie, c'est une porte au fond – c'est par là que je suis entré tout à l'heure avec les soldats.

Soudain, je repense au rat. Si j'avais une magie de cœur suffisamment puissante pour le retrouver et communiquer avec lui, il pourrait peut-être me dire comment sortir d'ici ?

J'ai une magie de cœur à un niveau 3
et je souhaite m'en servir,
—> je vais en 54

Autant donner un grand coup sur le sol
pour y faire un trou,
—> je vais en 84

Je vais plutôt essayer d'ouvrir la porte au bout
du couloir,
—> je vais en 121

165

Je ne parle pas leur langue, mais ils comprendront peut-être mes gestes ?

Je tends les mains devant moi en signe d'apaisement.

Tu as fait le choix d'essayer de communiquer plutôt que de fuir ou de combattre. Cela révèle de ta part une capacité d'entrer en contact avec les autres, aussi différents soient-ils.
Dans ton Tableau des magies, coche une case en magie de cœur.

Mes mains devant moi sont devenues rouges, presque lumineuses. Il se passe alors quelque chose de très bizarre. Ces deux bûcherons, je peux maintenant ressentir leurs émotions : ils sont en colère, ils pensent que j'ai insulté quelque chose de sacré pour eux. Et soudain, je comprends tout ce qu'ils disent !

— Faux dragon ! Tu portes la marque des dragons sur la main mais tu n'en es pas un ! Sacrilège ! Tu insultes ce qu'il y a de plus sacré !

Je leur réponds avec douceur :

— Vous faites erreur. Je ne suis pas de ce monde. Je ne veux insulter personne.

⟶

Les mots dans ma bouche sifflent et tombent, et ce sont des mots de leur langue et non de la mienne. Comment je peux la parler ? Je n'en ai aucune idée !

En tout cas, les deux hommes se taisent aussitôt, stupéfaits. Ils jettent leurs haches à terre et s'inclinent devant moi.

— Tu parles notre langue, alors tu es bien un dragon ! Pardonne-nous ! Nous avons fait erreur !

Lola me chuchote à l'oreille :

— Tu as parlé quelle langue, là ?

— Aucune idée...

L'un d'eux me tend un bout de racine toute tordue.

— Prends ! C'est une racine de Sacras. Cela te portera bonheur.

Je mets ce truc dans ma poche d'un air méfiant. Ça sent la pisse de chat.

Dans ton inventaire, inscris : « racine de Sacras ».

Je me tourne vers les bûcherons :

— Je cherche Maîtresse Ael. Savez-vous où je peux la trouver ?

Ils me font signe de les suivre jusqu'à une barque tirée sur la berge.

Bon, apparemment, Maîtresse Ael est dans la cité, de l'autre côté de la rivière.

Je les suis dans la barque,
—> je vais en **160**

Je fais demi-tour,
—> je vais en **170**

166

Mon poing devient rouge et brillant, et je l'envoie dans la figure de cette sale bête. Ça la cueille sous le menton et la décroche du toit d'un seul coup. Non mais oh !

Mais avant que j'aie le temps de dire ouf, une dizaine d'autres de ces furies m'attrapent avec leurs serres et m'emportent dans les airs.

— On va t'emmener dans notre nid ! fait l'une.

— Et te dévorer vivant ! crie une autre.

Je serre les poings de rage. Dévorer un enfant dragon ? C'est ça, ouais ! Même pas en rêve ! Je frappe du pied dans la tête de l'une d'elles. Quelque chose craque, le sang gicle.

Je suis fier de mon coup, ça a dû faire mal ! Petit problème : cette harpie n'est plus en état de me porter. Je tombe en hurlant sur le pavé de la place trente mètres en contrebas.

→ je vais en 136

167

— S'il vous plaît, madame, le port, c'est par où ?
Elle tourne la tête, me sourit gentiment et pointe soudain le doigt vers moi, aussitôt imitée par sa fille. Sa bouche s'ouvre en grand, très grand, tellement grand que j'ai l'impression que sa mâchoire s'est décrochée.

Alors un son strident en sort, si fort, si aigu que tout le monde autour se bouche les oreilles.

— HIIIIIIIIIIIIIIIIII !!!

Comme surgissant de nulle part, une demi-douzaine de soldats en uniforme accourent aussitôt et l'un d'eux me donne un grand coup sur le crâne avant que j'aie le temps de dire ouf.

Je me retrouve sonné, par terre. On me met la tête dans un sac et j'ai beau gigoter dans tous les sens, on m'attache les mains dans le dos.

— Merci, madame, dit un des soldats à la vieille dame.

Celle-ci répond d'une voix inhumaine et sifflante :

— Ccccc'est toujours un plaizzzzir de travailler pour vvvvvous, sergent.

L'orc m'avait pourtant prévenu : il faut se méfier de tout le monde, dans cette ville…

—> je vais en 150

168

Je cherche le regard du capitaine : il est fuyant, c'est louche.

Je me lève d'un bond et ouvre la porte derrière moi pour m'enfuir... mais sur le pont du navire, je tombe nez à nez avec un matelot armé d'un bâton.

J'ai une magie de combat et j'affronte le matelot,
—> je vais en 137

J'ai une magie de cœur et j'essaye
de le convaincre de me laisser partir,
—> je vais en 143

169

J'ai peut-être eu l'avantage de la surprise au début, mais maintenant, c'est terminé. Le soldat que j'ai frappé se remet vite du choc, et l'autre essaye de m'embrocher avec sa lance.

Il se passe alors quelque chose de très bizarre. J'évite le coup facilement et mes poings se mettent à devenir très rouges, presque lumineux. Une force incroyable envahit tout mon corps, je me sens prêt à massacrer tout un régiment de soldats à moi tout seul.

Hélas, je suis à mains nues, je ne suis qu'un enfant et je maîtrise encore mal ma magie. Et en plus, je me bats à un contre deux. Il va falloir que je me surpasse.

Tu as une chance sur deux de remporter ce combat. Choisis un de ces deux numéros au hasard :

—> 60

—> 125

170

Les deux bûcherons insistent avec des grognements et des cris pour que je monte dans leur fichue barque. Mais non merci, hein ! Je n'ai aucune confiance dans ces gars-là.

— Je suis sûre qu'elle aurait coulé, leur barque, avec nous tous dedans ! commente Lola qui est soulagée de ne pas tacher son jeans.

On revient tous les trois à notre point de départ.

Tiens, une marchande ambulante s'est arrêtée sur le chemin à côté de nous. Elle a une charrette tirée par un âne.

Bon, puisque les bûcherons sont louches, je vais plutôt…

… parler à cette femme en espérant qu'elle ne me saute pas dessus, elle,

—> je vais en 67

… aller au pont gardé par deux soldats, qui mène à la ville,

—> je vais en 131

171

Des centaines de personnes se sont rassemblées en cercle sur le quai. Beaucoup crient et brandissent le poing, d'autres pleurent. Je tire par la manche une femme aux yeux de chat et je lui demande :

— Qu'est-ce qui se passe, madame ?

Elle se tourne vers moi et répond d'une voix triste :

— La garde va exécuter des otages.

— Quoi ?

Je me fraie un chemin parmi la foule. Des dizaines de gardes ont tiré une grande cage sur des chariots. Ils y ont entassé plusieurs enfants orcs, qui pleurent et supplient qu'on les libère. Et aussi un animal qui ressemble à Drrrouli, en plus grand et avec des taches noires sur la tête. Il a les pattes attachées et les yeux bandés, ce qui l'empêche probablement de se téléporter.

Un officier en armure s'avance vers la foule avec un rouleau de papier à la main. Aussitôt, le silence se fait.

— Un orc et un Drrrouli ont aidé un enfant dragon renégat à s'échapper. Par ordre de Maîtresse Ael, des otages de ces deux peuples ont été capturés.

Il lève les yeux et scrute les visages dans la foule, comme s'il cherchait quelqu'un.

—>

— Si l'enfant dragon renégat ne se livre pas, ils seront exécutés dans une heure.

Une boule se forme dans ma gorge. Drrrouli et les orcs m'ont aidé, et maintenant leurs peuples sont punis par ma faute !

Je ne peux pas laisser faire ça, je m'avance et je me livre pour sauver les enfants et le Drrrouli,
—> je vais en 90

C'est sûrement du suicide, à un contre trente, mais je vais essayer d'assommer ce sale type et de libérer les prisonniers,
—> je vais en 147

Si je ne délivre pas ma mère, c'est peut-être tout cet univers et le mien qui seront détruits par les démons. Tant pis pour les otages, je retourne au bateau pour aller sur l'île des dragons,
—> je vais en 192

172

Dans un dernier sursaut de lucidité, je repense à cette racine que je me trimballe depuis un moment. Et soudain, je prends conscience que « Sacras » ça veut dire « soigner » en langue orc ! Et si cette racine qui pue pouvait me protéger du froid ?

Dans un dernier réflexe, les mains tremblantes, je la prends dans ma poche et je la fourre dans ma bouche.

Dans ton inventaire, efface : « racine de Sacras ».

Ça a un drôle de goût, mais je me sens tout de suite beaucoup mieux. C'est comme si mon corps chauffait soudain trois fois plus pour lutter contre le froid. Ouf, ce truc m'a sauvé la vie !

Mais l'effet commence déjà à s'affaiblir. Vite ! Il faut toujours que je trouve un manteau.

Je tente ma chance du côté du bateau gelé,
—> je vais en 15

J'essaye plutôt la tour de garde,
—> je vais en 70

173

Avant que j'aie le temps de dire ouf, trois ou quatre de ces furies m'attrapent avec leurs serres et m'emportent dans les airs.

— On va t'emmener dans notre nid ! fait l'une.

— Et te dévorer vivant ! crie une autre.

Je serre les poings de rage. Dévorer un enfant dragon ? C'est ça, ouais, même pas en rêve ! Je frappe du poing sur la tête de l'une d'elles.

Je suis fier de mon coup, ça a dû faire mal ! Petit problème : la harpie n'est plus en état de me porter. Je tombe en hurlant sur le pavé de la place trente mètres en contrebas.

—> je vais en 136

174

D'un coup de genou bien placé sur son museau, je fais craquer quelque chose et l'homme taureau me lâche en poussant un cri.

L'œil noir, il attrape sur le pont une rame qui doit bien peser trente kilos. Je cogne plusieurs fois : l'estomac, la poitrine, la tête. C'est comme de taper dans un mur de briques. Alors il frappe à son tour avec la rame en poussant un hurlement de colère. Je me retrouve éjecté de la barque avant de comprendre ce qui m'arrive.

Tu as choisi de te battre contre un adversaire bien plus fort que toi. Cela n'était pas très prudent, mais démontre un grand courage et un esprit guerrier.
Comme tu apprends aussi de tes échecs, dans ton Tableau des magies, coche une case en magie de combat.

Au dernier moment, je me raccroche d'une main au rebord et, quand je le vois se ruer sur moi, je crie :

— Attendez ! Conduisez-moi à l'île des dragons et je vous donnerai quelque chose en échange !

—>

Si j'ai certains des objets suivants :

- racine de Sacras
- plume de Drrrouli
- manteau
- cœur en cristal

Je peux essayer d'en donner deux à l'homme taureau pour négocier ma vie et un voyage à l'île des dragons,

—> je vais en 184

Si je n'ai pas deux objets parmi cette liste, ou que je refuse de les donner à ce gros balourd,

—> je vais en 177

175

Je crie très fort :

— 2 pièces d'or !

Le marchand m'entend et annonce aussitôt :

— 2 pièces d'or pour le jeune homme aux cheveux rouges ! Qui dit mieux ?

Personne d'autre ne semble vouloir donner autant d'argent pour cet objet que les gens d'ici ne comprennent pas.

— Dommage, me dit la jeune femme à la peau bleue, ça aurait fait joli sur la cheminée. Mais deux pièces d'or, c'est vraiment trop cher.

Le marchand me donne le smartphone et passe à d'autres articles.

Dans ton inventaire, inscris : « smartphone de Lola ».
Retire aussi 2 au nombre de tes pièces d'or.

—> je vais en 108

176

Je bois une gorgée pour lui faire plaisir et c'est comme si j'avais avalé du piment concentré ! Je me mets à tousser à m'en arracher les poumons.

Il éclate de rire.

— Pas l'habitude, hein ? T'en fais pas, mon petit, dans un instant, tu ne sentiras plus rien.

Ma tête se met soudain à tourner. J'essaye de me lever, mais on dirait que mes jambes se sont changées en coton. Qu'est-ce qu'il y avait dans ce verre ? Il m'a fait avaler un somnifère !

Il éclate de rire à nouveau.

— Tu ne sentiras plus rien, petit dragon, répète-t-il. Enfin, du moins, jusqu'à ce que les soldats de Maîtresse Ael te mettent à la torture. Savais-tu que ta tête était mise à prix pour une petite fortune ?

— Bienvenue à booooord ! crie le perroquet.

C'est la dernière chose que j'entends avant de sombrer dans l'inconscience.

—> je vais en 150

177

Le capitaine taureau devient rouge de colère.
— Tu insultes mon honneur ?

Furieux, il se rue sur moi et me jette par-dessus bord. Je me retrouve éjecté de la barque avant de comprendre ce qui m'arrive.

Je vais m'écraser sur le pavé de la place !

—> je vais en 136

178

La femme est petite et toute ronde, avec un sourire jusqu'aux oreilles. Sur sa tête, elle porte un chapeau ahurissant, un truc qui ressemble à un champignon géant et qui est presque aussi grand qu'elle. Sa robe en met plein les yeux, elle aussi : de l'orange, du jaune, du rouge, avec des trucs dorés, d'autres trucs brillants, des dentelles, des... des bouts et des machins qui dépassent de partout.

— J'adore son look ! fait Lola en la prenant en photo avec son smartphone.

La petite femme se tourne vers les marchandises de sa charrette et se met à nous parler dans une langue inconnue.

Lola parle, s'aide des gestes et la marchande pointe du doigt ses chouchous roses à paillettes. Malgré la barrière de la langue, ces deux-là se comprennent très vite.

— Contre l'un de mes chouchous, elle nous donnera quelque chose.

Elle tend un chouchou à la marchande et me donne l'autre.

— C'est cadeau ! me dit Lola. Il est abîmé de toute façon.

Dans ton inventaire, inscris : « chouchou rose ».

—> je vais en 7

179

Je dépoussière vite la trappe que m'a montrée le rat, ça doit être une sortie possible ! Il y a un gros anneau en fer. Je tire dessus de toutes mes forces : la trappe cède dans un craquement et un flot de lumière m'oblige à fermer les yeux.

Ça débouche dehors.

Mais oui, bien sûr ! Le palais est suspendu dans les airs !

Je passe la tête dans l'ouverture pour voir où je suis... et je me retrouve à l'envers, à regarder le plancher du palais. Il est couvert de créatures étranges accrochées la tête en bas comme des chauves-souris. Elles ont des têtes de femmes, mais aussi de très grandes ailes, et des serres à la place des mains. On dirait ces créatures que j'ai vues dans un bouquin sur la mythologie grecque : des harpies. Elles sont en train de chantonner des mélodies dansantes en se balançant en rythme.

La harpie la plus proche m'aperçoit soudain. Elle éclate d'un rire sinistre et se met à crier :

— Il y en a un qui s'évade, les filles !

J'ai une magie de combat : je m'en sers pour la démolir à coups de poing,

—> je vais en 166

J'ai une magie de cœur : je m'en sers pour la convaincre de m'aider à m'échapper,

—> je vais en 34

180

— J'ai quelque chose de rose ET qui brille ! dis-je en sortant de ma poche le chouchou rose à paillettes de Lola.

Elle le prend et le regarde d'un air ravi.

— Ooooh, comme c'est beeaaaaaaau.

Tu as fait le choix de négocier plutôt que de te battre.
Dans ton Tableau des magies, coche une case en magie de cœur.
Dans ton inventaire, efface : « chouchou rose ».

—> je vais en 105

181

Retour à mon point de départ, à l'endroit où on est tous tombés à l'eau en se jetant du portail du collège.

Tiens, une marchande ambulante s'est arrêtée sur le chemin à côté de nous, avec une charrette tirée par un âne.

Et si je parlais à cette marchande pour lui demander où trouver Maîtresse Ael ?
—> je vais en 67

Si je n'ai pas déjà parlé aux bûcherons près du bois, je peux aussi tenter ma chance avec eux, ils seront peut-être plus sympas que les gardes du pont,
—> je vais en 46

182

Je me débats comme un fou, mais l'homme taureau a une poigne de fer.

— Arrête de gigoter, minus ! hurle-t-il.

Mes poings se referment et deviennent rouges.

Minus ? C'est ce qu'on va voir !

J'ai coché au moins 4 cases en magie de combat,
—> je vais en 59

J'ai coché trois cases en magie de combat
et un poignard,
—> je vais en 130

J'ai coché trois cases en magie de combat
mais je n'ai pas de poignard,
—> je vais en 174

J'ai une épée magique et je souhaite l'utiliser,
—> je vais en 41

183

Je crie de toutes mes forces :

— Drrrouliiiiii ! Viens nous aider !

Mais ce petit trouillard ne se montre pas…

— Bien essayé, mais Drrrouli n'obéit qu'à moi, dit Lola. Allez, tue-moi maintenant.

Il va falloir trouver autre chose…

Je me sens vraiment fort en magie de combat et je m'en sers,
—> je vais en 159

Je me sens vraiment fort en magie de cœur et je m'en sers,
—> je vais en 23

Je me sens assez fort dans les deux magies à la fois,
—> je vais en 188

184

Le capitaine taureau sourit et hoche la tête.
— Marché conclu. Cap sur l'île du dragon !

Sur ton inventaire, efface le ou les objet(s) que tu as donné(s) à l'homme taureau.

→ je vais en 16

185

Je le brandis fièrement devant moi.

— Tiens !

La harpie le renifle d'un air mécontent.

— Ça sent rien du tout et c'est même pas rose.

— Je te le donne et, en échange, emmène-moi sur l'île des dragons.

Tu as fait le choix de négocier. C'était risqué, mais cela montre de ta part une volonté de négocier plutôt que de te battre.
Dans ton Tableau des magies, coche une case en magie de cœur.

— Jamais de la vie ! crie la harpie.

Elle siffle de rage, me donne un coup de griffe… et je tombe en hurlant sur le pavé de la place trente mètres en contrebas.

→ je vais en 136

186

Drrrouli viendra peut-être si je l'appelle ?

Si :
- j'ai coché au moins 3 cases « Drrrouli »,
- ou si j'ai coché 2 cases « Drrrouli » et au moins 3 cases en magie de cœur,
- ou si j'ai coché 2 cases « Drrrouli » et que j'ai aussi une plume de Drrrouli,

—> je vais en 40

Sinon,

—> je vais en 183

187

— Viens ! dis-je à Lola. On fonce !

— D'accord, vas-y, Témis ! crie Lola de la même voix que je lui ai toujours connue. Je te retrouverai dans la ville quand je me serai débarrassée d'eux !

Je bondis entre deux soldats, mais l'un des deux referme sa main sur mon épaule. Ma magie de cœur me fait alors deviner une chose : cet homme a reçu des ordres, mais il déteste l'idée de capturer un enfant dragon comme moi. Peut-être parce que les dragons sont aimés, ici.

En une seconde, cette magie monte en moi, elle déborde, elle touche le soldat.

— Lâchez-moi, s'il vous plaît, dis-je dans un murmure.

Il ne connaît pas ma langue, mais il comprend ce que je veux. La magie et les remords aidant, il me laisse partir.

Tu as choisi d'utiliser ta magie pour convaincre, plutôt que pour combattre. Cela révèle chez toi de la compassion et une confiance envers les autres.

Dans ton Tableau des magies, coche une case en magie de cœur.

⟶

Je m'enfuis aussitôt dans la foule. Ouf, je l'ai échappé belle ! Mais... où est Lola ?

Je me retourne : elle est restée se battre à la porte pour me permettre de m'enfuir !

Un vrombissement d'insecte emplit soudain l'air, tellement fort qu'on dirait des frelons géants. Ils sont six. Ils se tiennent sur des pattes d'insecte. Leur tête noire est couverte de centaines de petits yeux brillants.

Ce sont les mêmes créatures que celles du collège ! Les démons Ianteru ! Il se passe alors un truc hallucinant : comme si les démons étaient entrés dans leur tête, non seulement les soldats, mais tous les gens de la foule se tournent vers Lola, mains tendues pour l'attraper, comme possédés par un esprit maléfique.

—> je vais en 157

188

Je ne suis peut-être pas super fort dans une seule magie, cœur ou combat, mais je les ai développées toutes les deux de façon harmonieuse.

Si j'ai coché au moins quatre cases en magie de cœur et au moins trois cases en magie de combat, je peux essayer la magie de cœur en m'aidant de ma concentration de guerrier,
—> je vais en 29

Si j'ai au moins quatre cases en magie de combat et au moins trois cases en magie de cœur, je peux essayer de me changer en dragon, en m'aidant de la connaissance de moi-même que me donne ma magie de cœur,
—> je vais en 17

Je n'ai pas ces niveaux-là, mais je vais quand même tenter le tout pour le tout avec ma magie de cœur,
—> je vais en 23

Je n'ai pas ces niveaux-là, mais je vais quand même tenter le tout pour le tout avec ma magie de combat,
—> je vais en 159

189

Je marmonne à voix haute, intrigué :
— Appelle-moi, ami, et je serai à tes côtés.

Si :
• j'ai coché au moins 2 cases « Drrrouli »,
• ou si j'ai coché une seule case « Drrrouli » mais que j'ai aussi une plume de Drrrouli,
—> je vais en 139

Sinon,
—> je vais en 32

190

Je sors la petite épée de son fourreau. Qu'elle est belle, avec ses fines runes argentées ! Elle disparaît dans un éclair blanc et sa magie m'envahit aussitôt.

Dans ton inventaire, efface : « épée magique ».

C'était exactement ce qu'il me fallait ! L'épée a rempli tout mon corps d'une très puissante magie de combat pour une action, et c'est maintenant que j'en ai besoin !

—> je vais en 17

191

Je repense tout à coup à cette racine de Sacras que j'ai dans ma poche. Elle pourrait peut-être m'aider ? « Sacras » ça veut dire « soigner » en langue orc. Et si cette racine qui pue pouvait me protéger du froid ?

Dans un dernier réflexe, les mains tremblantes, je la prends dans ma poche et je la fourre dans ma bouche.

Dans ton inventaire, efface : « racine de Sacras ».

Elle a un sale goût mais elle me sauve la vie : je me sens tout de suite beaucoup mieux. C'est comme si mon corps chauffait soudain trois fois plus pour lutter contre le froid.

Malheureusement, j'ai l'impression que l'effet ne va pas durer très longtemps...

Oui, je le sens déjà qui s'affaiblit.

Vite ! Il faut toujours que je trouve un manteau.

Je remonte et je tente ma chance à la cabine du capitaine,
—> je vais en **141**

Je ressors et j'essaye plutôt la tour de garde,
—> je vais en **70**

Je ressors et je cherche du côté du temple du dieu nu,
—> je vais en **129**

192

Je retrouve facilement le *Loup solitaire* et le matelot que j'ai vu tout à l'heure se tient toujours devant la passerelle.

— Tu as changé d'avis, moussaillon ? Tu as bien fait. Viens, je vais te conduire au capitaine.

—> je vais en 21

193

Je brandis le cœur en cristal dans mon poing. Il disparaît dans un éclair blanc et sa puissante magie m'envahit aussitôt.

Dans ton inventaire, efface : « cœur en cristal ».

C'était exactement ce qu'il me fallait ! Le cœur en cristal me donne une très forte magie de cœur pour une action, et c'est maintenant que j'en ai besoin !

—> je vais en 29

194

La force de la magie monte en moi comme un torrent. Autour de moi, les gens reculent sur mon passage, effrayés par la vague d'énergie qu'ils ressentent. En un clin d'œil, je me retrouve perché sur le tonneau du vendeur. D'un crochet du droit, je l'envoie valser dans la foule horrifiée. Je récupère le smartphone en criant :

— Ce téléphone a été volé ! Il appartient à une amie !

Dans ton inventaire, inscris : « smartphone de Lola ».

Deux énormes créatures à la peau dure comme la pierre m'empoignent aussitôt et me font descendre du tonneau. Ils sont larges comme des bœufs, ils ont des têtes carrées et de tout petits yeux rouges.

— Les trolls du marchand ! crie la foule. Ils vont le démolir !

Un premier troll essaye de m'écrabouiller la tête d'un coup de poing, mais je l'évite facilement. D'un coup de pied d'une force surhumaine, je le frappe à la jambe. Quelque chose craque au niveau de la cheville. Il tombe à genoux, surpris, mais ne ressent visiblement pas la douleur.

L'autre troll, je lui envoie un coup de poing en pleine poitrine qui le fait reculer de cinq bons mètres.

Après ça, on me laisse tranquille. Je jette un regard à la foule : plus personne n'a envie de m'arrêter, maintenant.

Je m'enfuis et personne n'essaye de me retenir,
—> je vais en 108

195

Je laisse monter ma magie en moi. Elle est puissante, mais j'ai beau me concentrer au maximum, je n'arrive pas à me transformer en dragon.

Impossible, je ne suis pas prêt.

Si je n'ai pas déjà essayé, je peux toujours tenter de me servir de la magie de cœur, même si elle n'est pas très développée,
—> je vais en 23

Sinon,
—> je vais en 120

196

Je bondis jusqu'au bateleur et je lui colle un crochet du droit qui l'envoie valser dans la foule. Deux énormes créatures à la peau épaisse comme la pierre m'empoignent aussitôt et me font descendre du tonneau.

— Les trolls du marchand ! crie la foule. Ils vont le démolir !

Un premier troll m'écrabouille la tête d'un coup de poing. Sans la magie de combat, je serais mort sur le coup. L'autre me prend les bras en arrière et me tord les poignets. Je suis complètement prisonnier...

Le marchand se relève en essuyant un peu de sang de sa bouche.

— Je pourrais me plaindre à la garde, mais je vais être bon prince. Donne-moi tout ton argent et j'oublierai l'incident.

Contraint et forcé, je lui donne mon or. Avec un sourire, il glisse les pièces dans sa bourse.

— Tiens, dit-il finalement en jetant le smartphone à mes pieds, tu peux toujours garder cette camelote invendable, si ça t'amuse. Dans quel monde quelqu'un donnerait-il un sou pour un objet aussi inutile ?

—>

Dans ton inventaire, inscris : « smartphone de Lola ».
En revanche, le nombre de tes pièces d'or est maintenant égal à zéro.

Bon, OK, c'est un peu la honte. Mais je n'ai rien de cassé et j'ai récupéré le smartphone de Lola, c'est tout ce qui compte, non ?

—> je vais en 108

197

Le capitaine taureau sourit et hoche la tête.
— Marché conclu. Cap sur l'île du dragon !

Sur ton inventaire, efface l'objet que tu as donné à l'homme taureau.

—> je vais en 16

198

Je fais monter en moi la magie de combat. La force coule dans mes bras, dans mes poings.

J'ai coché 2 cases en magie de combat,
—> je vais en 194

J'ai coché 1 case seulement, mais j'ai aussi un poignard,
—> je vais en 19

J'ai coché 1 case seulement et je n'ai pas de poignard,
—> je vais en 196

199

J'ouvre de nouveau la trappe et je passe la tête dans l'ouverture. La harpie est toujours là, suspendue à l'envers sous le plancher du palais avec toutes ses sœurs.

— Eh, les filles ! Il y en a un qui tente de s'échapper ! crie-t-elle.

Mais cette fois, je suis préparé. Je suis sûr d'arriver à la convaincre de me laisser partir.

Je tends la main devant moi et la magie la rend rouge et lumineuse, si brillante que c'en est presque aveuglant. Alors je dis à la harpie :

— Aide-moi, s'il te plaît.

Elle regarde mes doigts d'un air ravi.

— Ooooh, comme c'est beeaaaaaaau. Elle est drôlement jolie, ta main, quand elle brille en rouge. Moi, j'aime bien ce qui brille.

→ Je vais en 105

200

Bravo, tu as passé une étape importante de ton aventure : tu es enfin arrivé à l'île des dragons malgré tous les obstacles sur ton chemin !

La première chose que je remarque, c'est le froid. Il est atroce. Insupportable. Ça me brûle la gorge, ça me mord la peau du visage. Un vent polaire balaye l'île, qui transperce mes vêtements et me glace jusqu'aux os. Si je ne trouve pas très vite un manteau chaud, je vais mourir gelé.

Cet endroit n'a pas toujours été glacé : je peux voir des cadavres de palmiers gelés sur la rive et, au loin sur l'horizon, on aperçoit la ville de Darago sous un soleil d'été. Ce froid est magique, peut-être le résultat d'une malédiction.

La mer est gelée autour de l'île. Derrière moi, il y a une montagne noire, ou plutôt un volcan, avec un chemin qui y mène tout droit. Le long d'un quai, un bateau est pris dans les glaces, paralysé, tout blanc de givre. Un temple, juste à côté, est à moitié enseveli sous la neige ; j'arrive

⟶

à lire sur la porte d'entrée l'inscription : « Temple du dieu nu ». Et il y a aussi une tour de garde au sommet d'une butte.

Où est-ce que je vais pouvoir trouver très vite un manteau ?

Eh ! Mais je m'en souviens, maintenant, j'ai déjà un manteau ! Génial, j'ai bien fait de le prendre avec moi, celui-là !

—> je vais en 153

Sinon, peut-être que j'en trouverai un au temple du dieu nu ?

—> je vais en 129

Ou au bateau gelé ?

—> je vais en 15

Ou à la tour de garde ?

—> je vais en 70

201

Dans la salle de classe du collège, absolument rien n'a changé. Mme Martin est toujours debout en train de regarder dans le vide, et les élèves penchés sur leurs copies, immobiles.

Je reviens à ma table, où la place de Lola est maintenant vide, puis je prends mon stylo et ma copie.

QU'EST-CE QUE LE DÉNOMINATEUR ?

Les dragons parlent toutes les langues et les maths sont comme un langage, pas vrai ? C'est peut-être pour ça que j'étais si nul dans toutes les matières : ma mère avait bloqué toutes mes facultés par la magie pour que les démons ne me retrouvent pas. Sauf que maintenant... mes pouvoirs sont débloqués !

Dénominateur : nombre qui indique en combien de parties le tout a été divisé.

Je complète ma copie en quelques minutes. C'est si facile, maintenant. Et ce sera pareil avec le français, l'anglais et tout le reste !

—>

Tout à coup, la classe reprend vie comme s'il ne s'était rien passé. Les élèves écrivent de nouveau sur leurs copies, Mme Martin recommence à me regarder de son air méprisant… Alors je me lève d'un pas assuré avant tout le reste de la classe et je dépose ma copie sur son bureau.

— Je ne suis pas un raté, lui dis-je tout bas, et vous allez me mettre 20 sur 20, cette fois.

Elle éclate de rire et, avec un soupir, prend ma copie pour la lire.

— Alors ça, mon petit Matis, ça m'étonn…

Elle ne finit pas sa phrase.

Ses yeux parcourent la copie de haut en bas, recommencent une fois, deux fois. Et puis elle lève les yeux vers moi d'un air stupéfait : toutes mes réponses sont justes, du début à la fin. Dorénavant, je serai imbattable dans toutes les matières.

— Et mon nom, ce n'est pas Matis, madame. C'est Témis, comme « métis » à l'envers. C'est ma mère qui l'a choisi.

FIN

**BRAVO ! Tu as réussi à sauver ta mère et tous les autres dragons ! Il en a fallu des aventures pour en arriver là.
Tu as fait de bons choix, mais il y en avait d'autres possibles.**

Par exemple, au cours de ton aventure, as-tu...
◊ voyagé sur un bateau volant ?
◊ parlé à un elfe ?
◊ utilisé une plume de Drrrouli pour te téléporter ?
◊ affronté deux serpents géants qui parlent ?
◊ rencontré deux orcs armés de haches ?
◊ réussi à te transformer en dragon ?
◊ rencontré le capitaine du *Loup solitaire* ?
◊ marchandé avec Tonton Bonnes Affaires ?
◊ libéré Lola d'un sortilège avec ta magie ?
◊ vu la statue d'un dieu tout nu ?
◊ réussi à faire apparaître Drrrouli ?
◊ volé avec une harpie ?
◊ défié un squelette ?

Si tu as manqué certaines de ces aventures et que tu aimerais les vivre, alors tu peux essayer de recommencer depuis le début !

L'AUTEUR

Paul Beorn est un amoureux de littérature fantastique et de fantasy. Il est l'auteur d'une quinzaine de romans dont le célèbre *14-14*, coécrit avec Silène Edgar.
Avec *Le dernier des dragons*, il retrouve la magie des « livres dont vous êtes le héros » dont il a été bercé enfant, en famille.
Il a reçu le Prix Gulli du roman jeunesse (2014) et le Prix des Incorruptibles (2016) pour *14-14* et le Prix Imaginales des bibliothécaires (2019) pour *Calame 1, les deux visages*.

REMERCIEMENTS

Puisqu'un roman s'écrit seul, mais se construit en équipe, je tiens à remercier Murielle Couëslan pour avoir répondu « vas-y » sans hésiter quand je lui ai demandé si, par hasard, elle accepterait de publier un livre dont vous êtes le héros. Je remercie aussi Guylain Desnoues pour avoir traqué patiemment les petites erreurs et accompagné Témis sur tous ses chemins possibles (Guylain, tu es mon héros). Merci à Noëmie Chevalier pour avoir supporté mes exigences de perfectionniste et retouché encore et encore ses illustrations à ma demande et avoir compris mieux que moi-même ce qu'il fallait pour ce roman. Merci à mes deux bêta-lectrices de choc Lilie Bagage et Sophie Moulay pour avoir lu et relu toutes les versions de cette histoire, plongé tête baissée dans les rivières et les cachots (surtout les cachots), vos regards valent toutes les magies des dragons.
Et enfin, merci à Joe Dever, qui ne le saura jamais mais qui a illuminé une part de mon enfance grâce à ses livres dont vous êtes le héros, lus en famille.
Repose en paix, Joe.

DU MÊME AUTEUR

Retrouvez tous nos titres sur notre site :

www.rageot.fr

RAGEOT s'engage pour l'environnement en réduisant l'empreinte carbone de ses livres. Celle de cet exemplaire est de :
450 g éq. CO_2
Rendez-vous sur www.rageot-durable.fr

PAPIER À BASE DE FIBRES CERTIFIÉES

Achevé d'imprimer en octobre 2021
chez Normandie Roto Impression s.a.s., Lonrai, France
Couverture imprimée chez Boutaux (28),
Le Theil-sur-Huisne, France
Dépôt légal : novembre 2021
Numéro d'édition : 7673-01
Numéro d'impression : 2104812